I0657831

P. LEGENDRE

# LA CONQUÊTE

## DE LA

# France Asiatique

56 ILLUSTRATIONS DANS LE TEXTE ET HORS TEXTE

PARIS

LIBRAIRIE PAUL PACLOT & Cᵢₑ

4, RUE CASSETTE, 4

# PREMIÈRE PARTIE

---

# La France dans l'Inde.

# CHAPITRE PREMIER

## NOS PREMIERS ÉTABLISSEMENTS DANS L'INDE

A la recherche d'un héritage antique. — Les débuts de la Compagnie des Indes. — Les précurseurs du Dupleix. — François Martin fonde, perd et relève Pondichéry. — Dumas et les Mahrattes. — Almée et alcool. — Un traitant intraitable.

L'Inde a toujours exercé sur les peuples d'Occident une sorte de fascination. Il semble en effet que toutes les nations d'Europe dans les veines desquelles circule le sang aryen ont subi cette étrange loi de l'instinct qui pousse les races, comme les individus, à aller se retremper dans le milieu physique et moral où se développa leur vigoureuse enfance. Si, de notre temps, bretons, basques, auvergnats, etc., sous l'influence « du mal du pays » se sentent irrésistiblement ramenés vers leurs landes, leurs montagnes et leurs causses, de même les races latines subirent, elles aussi, le mal du pays d'Inde, de ce pays qui fut le berceau de leurs ancêtres et que

leurs traditions entouraient d'un charme doux, brillant
et poétique.

Quel est dans l'antiquité le grand conquérant qui n'ait
fait le rêve dont Alexandre vécut la réalité? Puis,
quand, au moyen âge, la barbarie vient fermer les routes
qui amenaient à Byzance ou à Rome les richesses de la
plaine du Gange et du plateau du Deccan, quand Arabes
et Turcs barrent le chemin de leurs hordes ou de leurs
citadelles, la jeune Europe, à peine sortie du chaos des
invasions, n'a qu'une politique: se frayer un passage
vers l'Inde. Jérusalem ne devait être, dans l'esprit des
empereurs d'Allemagne, rois de France ou d'Angleterre,
organisateurs de croisades, qu'une étape vers Benarès
ou Hyderabad, dont Gênes, Pise, Venise, Byzance
même comptaient bien exploiter les marchés sous le
pavillon fleuri de la croix.

L'échec des croisades, causé surtout par les rivalités
des princes, fut plus une défaite économique qu'une
défaite politique et religieuse. Mais l'Europe, ne pouvant
briser les barrières terrestres opposées par les Arabes,
va, sans répit, chercher d'autres routes vers les pays
de l'or, des pierres précieuses, des riches étoffes. Grâce
à l'invention de la boussole, des voies nouvelles s'ouvrent
à travers les océans. Dès 1498 les Portugais et les
Hollandais, doublant le cap de Bonne-Espérance, se
lancent à travers l'Océan Indien et viennent s'établir

sur les côtes du Malabar. C'est en cherchant le plus court chemin vers l'Inde que Christophe-Colomb découvre l'Amérique.

Mais Portugais et Hollandais ne pouvaient garder long-temps le secret de leurs découvertes. Bientôt nos « merciers » de France, dieppois, boulonnais, rouennais, malouins cinglent eux aussi vers l'Inde. En 1520, les frères Parmentier, naviguant pour le compte du célèbre mercier dieppois Ango, viennent faire de riches chargements sur la côte de Coromandel; puis d'autres les suivent, aventuriers, missionnaires et négociants...

C'est avec une joie, une exagération tout enfantines, que ceux qui en reviennent parlent de ce vieux « chez eux » où se sont installés pourtant des étrangers : les Mogols de Tamerlan. Ils mettent un certain orgueil à constater que la maison, quoique ayant changé de maître, est toujours vaste et belle. « Il faut lire dans les naïves relations de l'époque les descriptions enthousiastes de la cour et des fêtes du Grand Mogol. C'est un amoncellement fantastique de richesses inouïes, un chatoiement perpétuel de diamants et d'émeraudes. Ici brille la Montagne de Lumière, ce fameux diamant de 180 carats qui orne aujourd'hui le diadème de la reine d'Angleterre. Là s'élève le trône du Paon, ainsi nommé de l'oiseau qui le surmontait, en or massif, semé de pierres précieuses, avec un énorme rubis à la poitrine.

Puis nous voyons défiler les chameaux qui transportent les trésors du dynaste, les chiens et les panthères dressés à chasser la gazelle, les éléphants de guerre ou

PRODUITS DE L'INDE

de parade, sans parler d'un monde de serviteurs occupés à prévenir les désirs de ce demi-dieu (1). »

Quant au pays lui-même il est toujours resté la terre nourricière dont les deux fécondes mamelles, le Gange

(1) Gaffarel : *Les Colonies françaises*. Alcan, éditeur.

et l'Indus, allaitèrent la jeune humanité. Nulle part
moissons plus belles, forêts plus vertes et plus riches,
fruits plus succulents, nulle part (si ce n'est peut-être
dans le rêve de l'El Dorado) sol plus riche en or, en
pierres précieuses, en trésors de toute nature. La colos-

BŒUF PORTEUR

sale fortune réalisée par les Ango aux Indes n'était-elle
pas bien faite pour témoigner de la réalité de tout cela?
Aussi, que de convoitises s'allument dès le xvi⁰ siècle
pour monopoliser tant de richesses! La France ne
pouvait renoncer à sa part au profit du Portugal, de
la Hollande et de l'Angleterre sans répudier toutes ses
traditions : et c'est en 1604 que notre action commence
à se dessiner d'une façon plus suivie et plus énergique.

Henri IV comprit l'Inde dans les territoires vers les-

quels devait se porter l'activité de nos marchands et
accorda à une société de négociants français une charte
de privilèges analogue à celle que quatre ans plus tôt la
reine Elisabeth avait signée en faveur de trafiquants
anglais.

Telle fut l'origine de ces deux puissantes Compagnies
des Indes qui devaient se disputer pendant plus de deux
cents ans la possession d'un empire tellement gigantesque qu'Alexandre lui-même n'avait pu l'absorber
tout entier, « lutte dans laquelle chacune d'elle devait
symboliser les qualités d'action, les forces expansives,
les faiblesses et pour tout dire enfin, le génie colonial
de deux grands peuples. »

Après une période de tâtonnements au cours de laquelle quatre compagnies françaises se sont passé le
monopole du commerce aux Indes sans avoir obtenu
d'appréciables résultats, Colbert soumet, en 1664, à
l'agrément de Louis XIV un nouveau programme
d'action parallèle de l'Etat et d'une cinquième Compagnie des Indes Orientales que favorisent les clauses
d'un contrat exceptionnel. Cette société, dont firent
partie les hommes les plus en vue du royaume, devait
avoir pendant cinquante ans le monopole exclusif du
commerce dans l'océan Indien.

« Des avantages considérables en favorisent le développement. Tous les étrangers qui y prendront un

intérêt de 20.000 livres deviendront *régnicoles*, autrement dit jouiront des mêmes avantages que les français,
sans se faire naturaliser. Aux mêmes conditions, les
officiers, à quelque corps qu'ils soient attachés, seront
dispensés de la résidence, sans rien perdre des préroga-
tives et gages de leurs places. Tout ce qui doit servir à
la construction, à l'armement, au ravitaillement des vaisseaux est exempté de toutes taxes, droits d'entrée, de
sortie et droits d'amirauté. En outre l'Etat s'oblige à
payer une prime de 50 livres par chaque tonneau de
marchandises porté de France aux Indes et de 75 livres
par chaque tonneau rapporté des Indes en France ; il
s'engage à soutenir les établissements de la Compagnie
par la force des armes, à escorter ses convois et ses
retours par des escadres aussi nombreuses que les
circonstances l'exigeront. Le service de la Compagnie
est assimilé à celui du roi ; il rapportera à ceux qui
s'y distingueront des honneurs et des titres hérédi-
taires... » Comme il était peu probable que l'épargne
privée réussirait à parfaire de capital de 15 millions qui
devait former le premier fonds de la Compagnie des
Indes Orientales, l'Etat se portait caution jusqu'à concurrence de 3 millions.

Le roi, le ministre, les grands concoururent personnellement pour des sommes importantes à la constitution
du premier capital.

La nouvelle Compagnie trouva dans l'actif de ses devancières des comptoirs essaimés un peu partout dans l'Océan Indien, de Madagascar jusqu'à Java ; mais la plupart se réduisaient à des baraques en ruines et à des fortins désarmés. Des droits les plus solidement établis visaient surtout les établissements malgaches de Fort-Dauphin. Ceux-ci fondés quelque quinze ans auparavant par Pronis et Flacourt, pour le compte d'une compagnie de Rouen, étaient passés au duc de la Meilleraye qui n'avait pas su en tirer un meilleur parti que les rouennais et qui les avait laissés, en 1663, à la couronne. C'est même cette cession qui avait été le point de départ de la constitution de la nouvelle Compagnie des Indes. Un homme de valeur, La Case, avait su se concilier l'amitié des habitants de l'île, et avait habilement préparé le terrain à une solide occupation. Malheureusement des rivalités de personnes compromirent son œuvre ; et la Compagnie des Indes commença par s'empêtrer à Madagascar dans une série de difficultés qui faillirent dès le début compromettre son avenir.

Ce n'est guère que vers 1668 qu'elle se décida à faire porter sur l'Indoustan le plus clair de ses efforts.

Pour ce faire il lui fallait d'abord résoudre un difficile problème : à savoir fixer son choix de la région indienne sur laquelle devaient s'étendre son privilège et s'élever ses comptoirs. Par Diu et Goa, les Portugais tenaient encore une partie de la côte de Malabar, défendant péniblement leurs comptoirs contre les Hollandais déjà établis à Cochin et à Ceylan ; les Anglais, installés déjà sur la côte occidentale, cherchaient à s'étendre sur celle de Coromandel, principalement autour de Madras. Aussi

SUR LA CÔTE DE CEYLAN

nos premiers comptoirs furent-ils jetés au petit bonheur sur les points les plus divers par Caron, un Hollandais passé au service du roi de France. Sur la côte de Malabar, Surate fut occupé ; Caron enlève d'autre part pour notre compte à ses compatriotes la ville de San-Thomé dont ceux-ci avaient naguère dépouillé les Portugais ; poussant même jusqu'au fond du golfe de Bengale, il occupe Chandernagor, sur un des bras du Gange, tandis que son lieutenant, le persan Marcara,

s'établissait à Masulipatam, après avoir laissé quelques
colons sur la côte de Ceylan.

Au cours de la guerre qu'entreprit Louis XIV contre
les Hollandais, ceux-ci voulurent se dédommager dans
l'Inde des défaites essuyées en Europe. En 1674, ils
parurent devant San-Thomé où commandait un des
meilleurs agents de la Compagnie, François Martin.

Sentant venir l'orage, Martin avait eu la précaution
de rappeler les colons de Ceylan, et, à la tête d'une
garnison de 60 hommes, il résolut de se défendre jusqu'au bout. Mais après une héroïque résistance, la place
étant devenue intenable, il consentit à capituler, sous
réserve toutefois qu'il pourrait sortir avec armes et
bagages ; il jurait de se faire sauter si on lui refusait les
honneurs de la guerre. Pleins d'admiration pour la fierté
de leur adversaire, les Hollandais acceptèrent ses conditions, ne se doutant guère que Martin n'avait plus
pour faire sauter la ville qu'un petit baril de poudre,
pesant bien vingt livres.

Or, la quasi-fanfaronnade de Martin cachait une in-
génieuse idée. Enlevant de San-Thomé les 6 canons qui
composaient toute son artillerie, ce qui lui restait de
munitions et toutes les marchandises de la Compagnie,
il remonta la côte et gagna un petit territoire acheté
quelques mois auparavant dans le Carnatic à Sheer
Khan Lodi, gouverneur du roi de Bedjapour. C'était

une bande de terre d'élévation moyenne, resserrée
entre la mer et la rivière de Gingi; un village y était
accroupi dans la verdure; les Indiens l'appelaient
Poolchéry. Cette bourgade devait bientôt changer de
nom et de valeur, s'appeler Pondichéry, et, quinze ans
plus tard, devenir la capitale de l'Inde. En 1689, en
effet, cette ville était la plus importante de nos possessions indiennes; et, pour s'acquitter de dettes contrac-
tées envers la Compagnie, Sheer Khan Lodi en augmentait considérablement la valeur en cédant à Martin tout
le district qui environnait la place et en l'autorisant à
fortifier celle-ci à sa guise.

Malheureusement les directeurs de Martin ne surent
pas répondre par des sacrifices opportuns à la vaillante
activité de leur agent. Ces puissants privilégiés méconnurent nos intérêts politiques comme les méconnurent
leurs collègues des Compagnies de la Nouvelle-France
et de la France Équinoxiale. Inquiets seulement des
dividendes de leurs actions, ils montrèrent moins d'esprit d'entreprise, moins d'envergure dans les idées que
le mercier Ango et négligèrent la France pour ne penser
qu'à leur cassonade.

Martin, vrai précurseur de Dupleix, voulait étendre
notre domaine territorial dans l'intérieur du pays, y
préparer des établissements agricoles et commerciaux
pour les colons à venir, s'attacher par de solides traités

2

d'alliance les rajahs qu'inquiétaient les préoccupations mercantiles trop égoïstes des Hollandais et Anglais. Ses directeurs le laissèrent bien engager le crédit moral de la Compagnie, mais ils le désavouèrent quand il fallut payer, lui ménageant parcimonieusement jusqu'aux moyens de subsister.

Aussi, quand la coalition européenne arma de nouveau contre nous la Hollande, l'établissement de Pondichéry, malgré sa prospérité commerciale, était-il d'une extrême faiblesse militaire. A la fin d'août 1689, une formidable escadre hollandaise comptant 19 vaisseaux de ligne et 16 gros transports, forte de près de 4.000 hommes et de 300 canons, apparut devant Pondichéry, bien disposée à anéantir la jeune colonie française. Martin pouvait mettre en ligne 6 canons, 35 soldats ou marins européens et un contingent de 400 soldats hindous que lui avait prêtés le roi de Bedjapour. Lui-même fit partir le premier coup de canon dont le boulet coupa le grand mât du navire amiral hollandais. Pendant douze jours il résista au feu continu des 300 pièces ennemies. C'est seulement quand la poudre lui manqua, quand les glacis du fort se furent écroulés dans les fossés, quand il n'eut plus autour de lui un seul compagnon qui ne fût blessé, qu'il accepta de traiter de la capitulation. Émerveillés de son héroïsme, les Hollandais se refusèrent à lui enlever son épée, à le faire même prisonnier ; ils exigè-

rent seulement que la place leur fût remise et que son
défenseur s'engageât à repartir pour l'Europe avec sa
vaillante petite garnison.

« La première tenta-
tive de la France pour
s'établir d'une manière
permanente sur la côte
de Coromandel venait
d'échouer par la faute
de la Compagnie: mais
n'est-il pas étonnant
qu'une poignée d'hom-
mes ait pu si rapide-
ment créer une ville,
s'y maintenir et se con-
cilier l'affection des indigènes ? Le caractère
de Martin expliquera
sans doute ce phéno-
mène. C'était un vrai
patriote, sans arrière-
pensée d'envie et qui

BAYADÈRE

n'avait d'ambition que pour son œuvre. Tels sont les
hommes qui fondent les empires (1). »

Louis XIV du moins sut reconnaître l'intrépidité de

(1) Rambaud : *Histoire des Colonies françaises*. A. Colin, éditeur.

ce soldat. Il lui conféra l'ordre de Saint-Lazare et lui promit solennellement de réparer son indifférence envers un pays qui pouvait tant servir à sa gloire.

Mais la plus belle récompense que reçut Martin fut d'être chargé, au lendemain de la paix de Ryswick, de reprendre possession de Pondichéry qui nous faisait retour. Il emmena avec lui 200 soldats, une centaine de colons, des approvisionnements considérables en armes et en outils. En un an notre capitale de l'Inde était rebâtie et de nombreux indigènes, attirés par le grand nom de Martin, venaient s'établir près des Français. Mettant à profit les sympathies qu'il avait su se créer parmi les princes hindous en adoptant les mœurs indigènes, en usant à leur égard de mille prévenances, en tenant loyalement les engagements contractés envers eux, en servant d'arbitre désintéressé dans leurs querelles, en recevant, non en trafiquants ou en protégés, mais en rois, ceux que la curiosité, l'intérêt ou l'affection amenaient à visiter Pondichéry, il entoura le nom de Français d'un prestige tellement grand que, sans rien enlever à la gloire de Dupleix, on peut dire que Martin fut le vrai créateur de notre Empire indien. Quand il mourut, Pondichéry comptait 40.000 habitants et était devenue une place de première grandeur, non seulement par la force de ses remparts, le nombre de ses canons, la richesse de ses approvisionnements militaires, mais

surtout par la puissance de son rayonnement moral et
économique.

Sous la Régence, la Compagnie des Indes est entraînée
dans la spéculation de Law. Tandis que ses actionnaires
se livrent au jeu effréné de la grande loterie coloniale,
ses agents travaillent de leur mieux pour conjurer les
effets des événements qui se passent à Paris. Si la Compagnie ne sombra pas tout à fait, elle le dut à l'activité
dont fit preuve le nouveau gouverneur de Pondichéry.

Dumas, entré tout jeune au service de la Compagnie,
était arrivé à force d'énergie, de travail et de patience
à s'imposer comme gouverneur général. Son caractère
autoritaire, son aspect un peu dur lui éloignèrent au
début quelques-unes des sympathies que Martin s'était
acquises parmi des rajahs; mais il sut vite reconquérir
toute l'influence dont avait joui son prédécesseur par la
rapidité et la clairvoyance avec laquelle il prit position
dans l'affaire des Mahrattes.

Ces Mahrattes, qui furent à l'Inde ce que les Iroquois
furent au Canada et les Caraïbes aux Antilles, étaient
des peuplades barbares et fanatiques que l'Islam poussait
contre les royaumes indiens réfractaires à sa croyance
et à ses mœurs. Aureng-Zéb, le puissant empereur mogol, qui avait soumis toute la péninsule à ses lois, prévoyant, comme jadis Charlemagne à la vue des premiers
pirates Northmans, que ces hordes sanguinaires jette-

raient après sa mort des troubles dans son empire, avait
tenté d'arrêter leur redoutable propagande en attirant
dans un piège leur chef Sanbadji et en le faisant périr
dans les plus atroces supplices. Mais cet acte de cruauté,
loin d'épou-
vanter les
Mahrattes,
n'avait fait
qu'augmen-
ter leur res-
sentiment et
leur prosély-
tisme : tant
qu'Aureng-
Zeb vécut, ils
travaillèrent
dans l'ombre.
Quand, le 21
février 1707,
mourut cet
extraordi-

UN FAKIR

naire « dompteur de rois », les barbares profitèrent de
la faiblesse de ses héritiers pour asservir les riches provinces de l'Inde. Descendant de leurs montagnes, ils
couvrirent pendant trente ans le pays de ruines et de
cadavres. En 1739, ils étaient parvenus dans le Dekkan,

après avoir tué le vice-roi de Carnatic, Dost-Ali, et avaient contraint les princes de sa famille à se réfugier dans leurs forteresses. Ces derniers demandèrent à Dumas le secours des armes françaises et le prièrent de vouloir bien tout au moins donner asile dans Pondichéry à leurs femmes, à leurs enfants et à leurs trésors.

Repousser cette demande c'était s'aliéner la confiance des indigènes et faire douter de la toute-puissance de nos armes... l'agréer c'était appeler sur Pondichéry la vengeance des Mahrattes. Dumas n'hésita pas un seul instant ; en chevalier français, il alla lui-même au-devant des princesses de Carnatic et leur promit de les protéger « tant qu'il resterait de sa citadelle deux pierres l'une sur l'autre ».

Ce que Dumas avait prévu arriva. Quelques semaines après l'arrivée des gens de Carnatic, Ragoghi, le plus féroce des chefs de bandes Mahrattes, marcha sur Pondichéry, poussant devant lui une multitude d'indigènes qui venaient chercher asile sous le drapeau français. La situation était critique : elle fut dénouée d'une façon héroï-comique.

Avant d'ouvrir le feu sur le camp des barbares dont les innombrables chariots couvraient toute la plaine située au delà du Gingi, Dumas, qui se souvenait des succès remportés par Martin dans ses rôles de médiateur, voulut essayer de détourner l'orage à l'aide de la

diplomatie. Il envoya donc un sous-officier français à
Ragoghi, et, pour réserver bon accueil à son messager,
il le chargea d'offrir à ce rustre une caisse d'excellente
eau-de-vie. Quitte à repousser plus tard les offres de
conciliation de Dumas, notre sauvage voulut tout d'abord
goûter à ses présents. Dégusta-t-il l'alcool avec moins
de componction qu'un maître de chaix de Cognac?... la
chose est probable; car, peu fixé sur la saveur du liquide,
il en versa une forte rasade à son almée favorite pour
avoir son avis. La belle fille, soit par gourmandise, soit
par conscience de la haute mission qui lui incombait,
répéta si souvent l'examen des gobelets que lui tendait
le sous-officier (lequel en bon breton qu'il était, ne manquait pas de trinquer chaque fois avec elle), qu'une douce
joie s'empara de son âme; elle se mit à chanter, à danser
et finalement embrassa le soldat français.

Ragoghi ne pouvait mieux faire que de ratifier une
démonstration aussi cordiale; il offrit à Dumas de se
retirer du Dekkan, si celui-ci lui promettait de ne plus
jamais laisser sa sultane manquer de sa boisson favorite. Le salut de Pondichéry et des précieuses exis-
tences qui y étaient enfermées valait bien une pipe d'alcool; l'almée reçut une ample provision d'eau-de-vie et
son seigneur et maître quitta le pays sans y exercer de
ravages; il s'engageait même vis-à-vis de Dumas à venir
à son aide si besoin s'en faisait sentir un jour.

A la suite de cette victoire de la diplomatie et de cette défaite de la morale; le grand Mogol conféra à Dumas le titre de nabab, le commandement de 4.500 hommes et le droit de battre monnaie pour 5 millions par an. Nos possessions indiennes se trouvaient de ce fait constituées en puissance territoriale et souveraine.

Quand Dumas, épuisé par son dur labeur de vingt années, rentra en France, en 1741, il laissait à son successeur Dupleix les importants territoires de Pondichéry, de Chandernagor et de Karikal, les comptoirs d'Ayanoum, du Rajmindon, de Balassor et du Rattek, de plus des établissements en pleine prospérité à Dakka, Patna, Cassimbazar, Calicut, Mahé et Surate.

# CHAPITRE II

## L'ŒUVRE DE DUPLEIX

Les idées du jeune Dupleix. — La Begum Jeanne. — Dupleix gouverneur de l'Inde et nabab. — Mahé de la Bourdonnais. — La prise de Madras. — La victoire de San Thomé.

L'homme à qui la Compagnie des Indes confiait la difficile mission de continuer l'œuvre de Dumas et Martin devait surpasser encore ses devanciers par l'étonnante souplesse de son génie, par l'indomptable énergie de son caractère. Il demeure comme la personnification historique de l'Inde française.

« On sait aujourd'hui que François-Joseph Dupleix, dit un de nos plus éminents écrivains coloniaux, M. Gaffarel, naquit le 1er janvier 1697 à Landrecies, dans le Hainaut. Son père était fermier général; et, traitant comme la plupart de ses collègues, s'occupait de spéculations commerciales. La fortune qu'il avait amassée ne diminuait ni son avarice ni sa maussaderie de caractère qui, dans la vie de famille, dégénérait en véritable tyrannie. Dupleix au contraire se montre de bonne heure généreux et prodigue, de plus fort peu disposé à supporter le despotisme paternel. De là entre le père et le fils de sérieux désaccords. Le vieux financier lui donna pourtant une excellente instruction, mais il recommanda à ses maîtres de lui présenter chaque chose au point de vue strictement matériel et commercial. Le jeune François-Joseph s'intéressa vivement aux sciences, surtout aux mathématiques et à l'art des constructions. En même temps, par

FILLETTES INDOUES

un singulier contraste et tant cette mobile nature avait de ressort, il aimait passionnément la musique. Plus tard même aux heures d'angoisse, il consacre toujours quelques instants à sa chère musique. Ces goûts artistiques révoltaient le vieux Dupleix, qui espéra les anéantir en envoyant de bonne heure son fils en Amérique et en Hindoustan; mais celui-ci ne rapporta de ses voyages qu'un redoublement d'amour pour les beautés de la nature et une ample moisson de notions nouvelles. Le beau et l'utile, le sentiment et l'intérêt, ce qu'il devait à lui-même et ce qu'il devait à son éducation, se confondaient ainsi en lui dans un harmonieux équilibre; à la fois artiste et négociant, rêveur et calculateur, Dupleix ressemblait à ces Athéniens d'autrefois, qui trouvaient le temps, sans négliger leurs affaires, d'admirer les chefs-d'œuvre de l'art et de la poésie. Ainsi s'expliquent les ardentes sympathies que valurent à notre éminent compatriote ces qualités diverses, si rarement réunies chez la même personne.

« Le fermier général de Landrecies était un des directeurs de la Compagnie des Indes. Fidèle à son système de rigueur paternelle, il voulut se séparer définitivement de son fils, et, en 1720, le fit nommer membre du Conseil supérieur et commissaire des guerres à Pondichéry. Les titres étaient ronflants, mais les fonctions aussi modestes que peu rétribuées; le jeune fonctionnaire ne pouvait pas compter, pour améliorer cette position précaire, sur la générosité paternelle. On conserve une lettre dans laquelle le vieux financier, écrivant à un ami de s'occuper du trousseau du nouvel employé de la Compagnie, détermine soigneusement chaque article et recommande de ne pas acheter trop de linge fin « pareille

prodigalité étant tout à fait hors de raison à la mer ».
Tels furent les débuts d'un administrateur qui allait
bientôt avoir à sa disposition plusieurs millions de
revenus et régner en maître absolu sur 35 millions de
sujets. »

Dupleix, débarqué à Pondichéry en 1721, concentra
toute sa puissance d'observation sur ce qui se passait
autour de lui, explorant le pays, se rendant compte de
ses productions et de ses besoins, se créant par son affa-
bilité des relations précieuses dans les grandes familles
indiennes trop dédaignées par ses supérieurs. Puis,
quand il se fut bien assimilé ce qu'il avait vu et entendu,
quand il se fut rendu compte que la Compagnie agissait
tout au rebours de ses intérêts primordiaux, il envoya
à son père un long rapport dans lequel il lui consignait
avec une étonnante précision ses observations et ses
projets. Le fermier général sentit à cette lecture vibrer
en lui les cordes du financier, et, épris des idées de son
fils, il lui ouvrit un crédit très important pour tenter, de
compte à demi avec lui, quelques sérieuses opérations
de commerce. Si la Compagnie, d'après Dupleix, n'avait
guère fait que végéter jusqu'à ce jour, c'est qu'elle s'obs-
tinait à limiter ses opérations au simple achat de produits indiens payés comptant dans l'Inde, et à leur
revente en France avec un bénéfice fort réduit par les
frais généraux et les risques du transport; ce qu'il fallait,

à son sens, c'était développer les relations avec l'intérieur et favoriser dans l'Inde même le commerce des produits aussi bien indiens que français à l'aide de capitaux français. Les affaires qu'il engagea d'après ce principe réussirent à merveille et en peu de temps quintuplèrent sa mise de fonds.

Les opérations faites par Dupleix pour son compte personnel (d'ailleurs avec l'assentiment de ses chefs) et surtout son succès ne trouvèrent pas grâce devant la Compagnie dont il mettait ainsi la routine en déroute ; elle le révoqua. Il s'en vengea en continuant à appliquer son système et en augmentant sa fortune d'étonnante manière.

Obligés de se rendre enfin à l'évidence, les directeurs de la société lui redemandèrent son concours ; mais avec une prudence quelque peu dérisoire, ils ne lui confièrent que la gestion du seul comptoir de Chandernagor qui s'apprêtait justement à fermer ses magasins quand Dupleix y arriva. Au cours des dix années qu'il passa dans ce poste (qui au début ne comptait pas plus d'une douzaine de maisons européennes) plusieurs milliers de maisons furent bâties et soixante-quatorze navires construits pour le compte de négociants de Chandernagor. Ces vaisseaux portaient les marchandises du Bengale à Surate sur la côte Ouest, à Yeddo dans le Japon, à Djedda et à Moka sur la mer Rouge ; ils ranimèrent le commerce jadis actif de Bassorah ; ils pénétrèrent même dans les ports encore fermés de la Chine. Dupleix réussit d'autre part à nouer de précieuses relations avec

TYPES D'OUVRIERS INDOUS

divers royaumes de l'intérieur, même avec le Thibet.

Tels furent les titres qui le recommandèrent, en 1741, au choix de la Compagnie pour remplacer Dumas.

A peine est-il maître de son action qu'il en dessine énergiquement les lignes fondamentales : à l'ancienne

méthode purement commerciale il substitue une nouvelle méthode assise sur de fortes relations politiques
avec les princes indiens.

Les éléments du problème politique sont peu nombreux : au point de vue indigène ils se réduisent à deux,
la question mahratte et celle des alliances avec les grands
chefs : au point de vue européen, trois pièces sont ali-
gnées sur l'échiquier dans le camp adverse; la puissance portugaise, la puissance hollandaise et la puissance anglaise.

Portugais et Hollandais ne sont que deux pions négli-
geables; l'Angleterre seule est une tour. Dupleix la
prendra, avec l'aide des princes indiens dont il paiera
le concours en les protégeant contre les Mahrattes. Le
coup était d'une belle hardiesse. Dupleix le tenta; il le
réussit.

Il enleva l'affection des Indiens en se faisant à moitié
Indien lui-même. Il épousa la Begum (la princesse),
Jeanne. C'était la fille d'un français et d'une portugaise
depuis longtemps établis dans le pays. Elle joignait à
l'énergie d'âme portugaise la délicate finesse d'esprit et
de cœur de la française, enveloppant ces deux qualités
essentielles dans la grâce d'une beauté incomparable, de
cette beauté qu'assouplissent et qu'affinent davantage
l'éclat ambiant du ciel indien, le décor voluptueux de la
nature et de la civilisation de la terre des rajahs.

Possédant le charme, il voulut aussi posséder la force. Il lui fallait une puissante base matérielle d'action qui lui servît aussi bien de point d'appui pour aller de l'avant que de réduit de retraite en cas d'échec passager. Pondichéry étouffait dans ses murailles trop étroites, suffisantes sans doute pour défendre un comptoir de marchands, mais trop humbles et trop fragiles pour protéger le cœur du futur empire rêvé. La place fut entourée de solides fortifications avec forts avancés, largement pourvue de canons, de munitions et de vivres, aussi capable de soutenir victorieusement les assauts d'une armée venant par terre que de braver les menaces de bombardement d'une flotte.

Puis Dupleix prit contact avec les plus puissants chefs du pays, s'habillant à la mode indienne, s'entourant d'un luxe tout oriental, s'étudiant à paraître plus nabab indien que gouverneur français, se pliant avec courtoisie à son rôle de vassal du Grand Mogol, rôle peu compromettant, car le Grand Mogol n'était plus Aureng-Zeb... c'était plutôt un Petit Mogol quelconque, par conséquent peu dangereux. C'est ce titre de nabab, c'est cette situation de vassal « de la vieille dynastie qui avait fait de l'Inde sa chose, sa civilisation, son monde » qui servirent à merveille Dupleix près des indigènes. Pleins d'admiration pour son respect des choses indiennes, les Indous virent en lui un homme de leur race, dont les intérêts

3

étaient communs avec les leurs; et quand il fit appel à leur amitié contre l'Angleterre, ils accoururent aussi instinctivement que si ç'eût été un de leurs rois qui eût lancé cet appel.

Mais, de même que dans la théogonie des Indiens, l'esprit du mal vit et travaille à côté de l'esprit du bien, le secondant parfois mais pour le trahir toujours, La Bourdonnais fut dans l'édification de notre empire d'O- rient, le Sivas destructeur de l'œuvre du Vishnou créateur que fut Dupleix.

Singulière destinée que celle de cet homme qui par ses origines, sa première éducation et les brillants débuts d'une carrière irréprochable, semblait tout indi- qué pour jouer dans notre histoire coloniale un des plus glorieux rôles, et qui soudain, rongé d'une jalousie in- compréhensible, incapable de suivre un dessein qu'il n'a point conçu lui-même, envieux de quiconque peut agir aussi hardiment et penser aussi haut que lui, oublie tout... passé, patrie, honneur, et tombe assez bas pour accepter de l'ennemi héréditaire le salaire des services qu'il lui a rendus.

Né à Saint-Malo, la ville des intrépides corsaires, en 1697, d'une famille de marins réputés par leur bravoure, Mahé de La Bourdonnais embarquait dès l'âge de dix ans pour les mers de l'Inde. Il se mettait, en 1622, au ser- vice de la Compagnie des Indes alors que celle-ci faisait

ses premières tentatives d'établissement dans la péninsule, et presque aussitôt se signalait par la prise de
Maïdi à laquelle il donnait, non sans quelque fatuité,
son nom de Mahé. Quelques années après, il est nommé
gouverneur des Iles de France et de Bourbon où il
utilisa brillamment ses grands talents d'organisateur.
C'est à ce moment qu'il entre en correspondance
avec Dupleix; du premier coup il a compris la beauté de
l'œuvre entreprise par son émule et il se prend de la
même passion que lui pour l'édification d'un empire
français des Indes.

Quand les premiers dangers menacent notre expansion, quand Dupleix, attendant vainement les secours
qu'il a supplié la Compagnie de lui envoyer d'urgence,
confie ses craintes à La Bourdonnais, celui-ci n'hésite
pas : « Non, dit M. T. Hamont, il ne verra pas le nau-
frage de l'Inde. Il improvisera plutôt la flotte que la
France n'envoie pas; et il s'impose la tâche d'armer une
escadre avec les maigres ressources de l'Ile de France,
sans ateliers, sans matériel. Il retint les navires qui
arrivaient d'Europe à moitié désemparés, et, pour leur
fournir des mâts et des vergues, il mit les forêts en
exploitation. Il se fit ingénieur, voilier, instructeur,
artilleur, charpentier, et de ses propres mains fabriqua
les modèles de tous les objets nécessaires. Les vivres lui
manquaient; il fit des miracles et se les procura. » I

avait réussi à équiper ainsi cinq navires quand on lui
annonça pour le mois d'octobre 1745, l'arrivée de cinq
autres bâtiments partis de Lorient. Pour les ravitailler,
il tire des vivres de Madagascar. Après avoir triomphé
d'embarras sans nombre, il prit enfin la mer avec une
flotte montée par 3.342 hommes, mais dont l'artillerie
était d'un calibre bien faible pour lutter avec les pièces
des entre-ponts anglais.

À peine l'expédition a-t-elle quitté l'Ile de France qu'un
cyclone la disperse; La Bourdonnais vient réparer ses
avaries à Madagascar. Puis elle rencontre la flotte
anglaise, très supérieure en nombre et en artillerie.
Monté sur l'*Achille*, le commandant voit plier sa ligne
de bataille; alors, comme un furieux, il jette son navire
au milieu de la flotte anglaise. L'amiral ennemi, en
voyant sur le soir surgir l'*Achille* tout près de son bord,
au milieu de nuages de fumée, croit que la flotte française toute entière a défoncé ses lignes; il donne le
signal de la retraite. Le lendemain matin, l'escadre
anglaise disparaissait à l'horizon devant nos vaisseaux
la plupart désemparés. Quand La Bourdonnais arrive le
8 juillet à Pondichéry, Dupleix se jette dans ses bras et
l'accueille en libérateur.

Or, Dupleix n'oublie pas qu'une victoire n'est profi-
table qu'autant qu'elle est poussée à fond; il rappelle à
son glorieux émule le plan qu'ils ont arrêté ensemble

depuis si longtemps... marcher sur Madras et frapper l'Angleterre au cœur de ses possessions indiennes. Mais La Bourdonnais n'a pas eu l'initiative de cette idée; il voit dans l'invitation amicale de son supérieur, qui a la courtoisie de ne pas lui donner un ordre, une sorte de déchéance pour lui-même; il hésite, il ergote, il s'aigrit. Dupleix fait tout pour le prendre par la douceur : peine inutile; le levain d'envie fermente plus rapidement et fait son œuvre dans l'âme autoritaire et violente du breton. Cependant le temps presse; Dupleix se rend compte qu'un plus long retard compromet non seulement le succès, mais l'existence même de la colonie; il donne l'ordre formel à La Bourdonnais d'aller mettre le siège devant Madras. Celui-ci a un instant de brutale révolte; mais il se reprend et part à la tête de sa flotte.

En mer, loin de son supérieur hiérarchique, son esprit d'insubordination reparaît : au lieu de forcer de voiles vers Madras, il perd son temps à chercher la flotte ennemie qui se dérobe; il est obligé de rentrer piteusement à Pondichéry.

Le gouverneur le somme de repartir sur-le-champ; sinon il donnera à un autre le commandement de la flotte. La Bourdonnais alors joue à l'Achille et rentre dans sa tente. M. de la Porte-Barrée est envoyé devant Madras que défendaient 6.000 hommes et 400 pièces de canons. Il n'a pas l'audace d'attaquer; à la première

volée des forts avancés, il vire de bord et rentre à son
port d'attache. La Bourdonnais alors n'hésite plus ;

SORCIER HINDOU

l'échec de son lieutenant fait plus pour réveiller son ardeur que les ordres et les objurgations de Dupleix ; il met à la voile, mouille fièrement à une petite portée de canon de Madras et somme la garnison de se rendre à discrétion, sous menace de bombardement immédiat. Le commandant anglais perd la tête et capitule.

Que se passa-t-il à ce moment dans l'âme de ce terrible envieux que fut La Bourdonnais ? il est malaisé de

le définir; quoi qu'il en soit, l'histoire, qui a longtemps
voulu douter qu'un pareil homme fût coupable de forfai-
ture, est obligée d'enregistrer la trahison dont il ne
mesura peut-être pas lui-même la portée, mais qui flétrit
sa mémoire d'une façon d'autant plus indélébile que les
archives anglaises nous disent exactement combien elle
fut payée.

Dupleix lui avait donné l'ordre de prendre Madras et
de ne consentir à aucun prix à sa rétrocession ultérieure
à l'Angleterre. Madras entre nos mains, nous devenions
en effet maîtres indiscutés de l'Inde. Or La Bourdonnais,
malgré ces instructions formelles, stipula, non dans
l'acte de capitulation, mais dans un acte ultérieur, que
moyennant une rançon de 9 millions la ville pouvait
faire retour aux Anglais... Et comme prix de cette coupable complaisance, le conseil de Madras souscrivit au
paiement d'un autre million que reçut personnellement
La Bourdonnais !

Pendant un mois, le malheureux se débattit contre les
ordres de Dupleix qui lui ordonnait de se maintenir
quand même à Madras; enfin, un terrible ouragan vint
décimer sa flotte. Il prit prétexte de ce désastre maritime pour abandonner la ville et rentrer à Pondichéry.
Il ne fit qu'y toucher et se hâta de regagner l'Ile de
France. Puis, sous un déguisement, il essaye de rentrer
en France où il a reçu l'ordre de venir se justifier; un

croiseur anglais l'enlève; il arrive à Londres, où il est
fêté d'une indécente manière et aussitôt rendu à la liberté.
Il n'arrive à Paris que pour entrer à la Bastille... il n'en
sort que pour discuter misérablement sa conduite et
mourir de honte et de remords au lendemain d'un acquit-
tement suspect.

« Ce fut un grand malheur pour la France que cette
rivalité de Dupleix et de La Bourdonnais. Si ces deux
hommes, si bien faits pour se compléter l'un l'autre,
avaient combiné leur action au lieu de compromettre
leur succès par de mesquines questions d'amour-propre,
l'Hindoustan tout entier nous appartiendrait peut-être à
l'heure actuelle. Dupleix, de fait et de droit chef de l'amiral,
eût été la tête, et La Bourdonnais le bras; mais ce dernier ne sut, ou ne voulut pas sacrifier son égoïsme à
l'intérêt général, et les Anglais restèrent maîtres du sol
de l'Inde (1). »

Dupleix s'efforce de racheter la faute de La Bourdonnais par son admirable énergie et la rapidité de ses
coups. En toute hâte il quitte Pondichéry et va s'installer à Madras que les Anglais, réfugiés dans le fortin
de Saint-David, n'ont pas eu le temps de venir réoc-
cuper. Ceux-ci ont préférer comploter avec les princes
Indous qui, indécis, n'apprécient pas encore toute la
force des Européens et cherchent à les détruire les uns

(1) Gaffarel : *Les Colonies françaises.* — Alcan, éditeur.

par les autres. C'est ainsi que les effort de lord Clive
ont abouti à une alliance avec le nabab d'Arcate, Ana-
verdikan.

Le nabab équipe 12.000 cavaliers et 20.000 fantassins
auxquels se joignent quelques centaines d'Anglais et
marche sur Madras ; Dupleix avait sous la main
800 hommes environ. Par son ordre, d'Eprémenil sort
de la ville avec 500 hommes et 2 pièces de canon : il
rencontre l'armée indienne commandée par Maphiskan
à deux jours de marche de San Thomé. Rapidement la
colonne française se forme en bataillon carré ; la cavalerie indienne se précipite sur la poignée de héros et est
accueillie par un feu nourri qui l'arrête. Elle revient à
la charge ; les deux canons chargés à mitraille se démas-
quent et jettent le ravage dans ses rangs. Les cavaliers
tournent bride, éperdus, et ne s'arrêtent que sur les
bords de la petite rivière qui coule près de San Thomé.
Maphiskan s'occupe à les y rallier, quand il est surpris
par une petite troupe de 250 hommes, commandée par
l'ingénieur Paradis qui arrive de Pondichéry pour donner
la main aux troupes venues de Madras. Paradis, voyant
sur l'autre bord de la rivière l'immense armée indienne,
comprend qu'il est perdu s'il n'est victorieux, et, dans
un élan de folie superbe, il donne l'ordre à ses 250 hommes de se jeter à l'eau et de charger. L'ennemi cède
aux premiers crépitements de la fusillade et va se réfu-

gier en désordre dans la ville de San Thomé. Paradis y entre à sa suite et l'y écrase complètement.

Le colonel anglais Malleson a dit de la bataille de San Thomé : « Elle produisit un si grand changement dans le pays qu'elle mérite qu'on s'en souvienne ; mais en nous la rappelant, nous ne devons pas oublier, nous

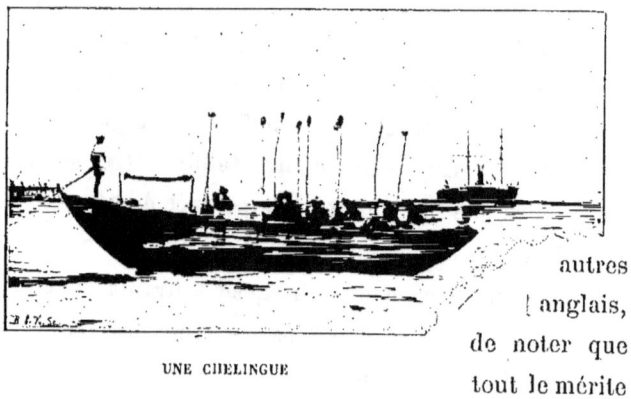

UNE CHELINGUE

autres anglais, de noter que tout le mérite en appartient uniquement et entièrement à cette grande nation à laquelle nous disputâmes plus tard la suprématie dans l'Hindoustan et qui ne remporta pas la dernière victoire. »

La journée de San Thomé est suivie d'un grand mouvement d'opinion chez les princes indigènes. Ceux-ci ne voient plus dans les Français que des hommes invincibles, et, fait singulier, d'un même coup ils apprécient les bienfaits dont la France peut doter le pays. Dupleix n'aura plus qu'à choisir les alliés qu'il voudra.

Pour achever la conquête de l'Inde qui était à nos pieds, que fallait-il à Dupleix ?... quelques secours de la Compagnie. Or, malgré les supplications du gouverneur qui est obligé de tout payer de ses propres deniers, malgré ses succès mêmes, pas un vaisseau, pas un homme, pas un baril de poudre n'arrive de France. Et le roi de France, pour la gloire de qui travaille Dupleix, ne songe pas plus à lui que les mercantis de la Compagnie des Indes.

La Compagnie anglaise, il est vrai, ne faisait guère davantage pour ses établissements. Mais, derrière elle, agissait le gouvernement anglais; celui-ci comprit son devoir; il mérita l'Inde par sa prévoyance et son patriotisme. « En Angleterre (il ne faut pas se lasser de répéter de telles choses), Dupleix serait enseveli à Westminster et aurait partout des statues; en France, c'est à peine si l'on commence à connaître le nom du grand homme qui succomba pauvre et méprisé, sinon condamné, pour avoir voulu donner un empire à son pays. »

Abandonné à ses propres ressources, Dupleix, à partir de ce moment, ne va pas cependant renoncer à la lutte si glorieusement commencée. Mais son incroyable activité, l'admirable dévouement de la Begum Jeanne vont s'user à suppléer aux moyens d'action qu'on leur refuse. Leur foi inébranlable, leur patriotisme inlassable vont

les soutenir dans leurs efforts désespérés ! et si, dans
la crise qui commence, ils doivent finir par succomber,
ils vont sortir de ce combat pour la plus grande France
plus grands eux-mêmes que leurs heureux vainqueurs.

# CHAPITRE III

## GRANDEUR ET DÉCLIN DE L'INDE FRANÇAISE

Les responsabilités de la chute de notre empire colonial. — La politique de Louis XIV et de Louis XV. — Dupleix lutte seul dans l'Inde. — Le siège de Pondichéry. — Bussy. — Les guerres du Décan et du Carnatic. — Victoire d'Ambour. — Prise de Gingy. — Défaite de Trichinopali. — Le rappel de Dupleix. — Sa mort. — La honte de Godeheu.

La ruine de notre empire colonial fut trop rapide, trop foudroyante, pour que les causes n'en puissent être attribuées qu'aux fautes et aux hommes du temps.

On a souvent voulu rendre Louis XV seul responsable de cet effondrement. Prise d'une façon trop absolue cette thèse est injuste. Quand Bougainville vint en 1759 réclamer à Versailles des secours pour le Canada, le ministre de la marine lui aurait, dit-on, répondu : « Eh! monsieur, quand le feu est à la maison, on ne s'occupe guère des écuries ! » En réalité tout brûla parce qu'on voulut éteindre le feu partout à la fois, ou plutôt parce que l'eau manqua partout en même temps.

Si l'on ne devait juger Louis XV que d'après les actes
de son administration personnelle, il y aurait lieu d'ac
corder une très large indulgence à sa mémoire pour ce
qu'il fit dans l'intérêt des colonies : les faits et les chif-
fres prouvent qu'à diverses reprises le roi et quelques-
uns de ses conseillers firent plus d'efforts pour réformer
le système caduc de Colbert, pour arracher les colonies
à l'avidité féroce des compagnies qu'avait créées ce ministre, pour assurer à nos possessions d'outre-mer un
régime plus libéral et plus conforme à leurs vrais intérêts, que pour détruire les vieux abus dont mouraient
les deux tiers des provinces de France.

Rompant énergiquement, au lendemain des premiers
désastres, avec les vieux errements de la politique de
Colbert, Louis XV cherche un instant le moyen de sauver ce qui lui reste de son domaine extérieur : c'est alors
qu'il proclamera enfin cette liberté du commerce que
depuis si longtemps réclamaient nos colonies pour se
développer et se fortifier à leur aise. Cette mesure
excellente était toute une révolution ; malheureusement
elle fut prise trop tard, et nos provinces extérieures n'é-
taient pas encore en mesure de se défendre seules quand
éclata la guerre de Sept ans.

Si la mémoire de Louis XV porte à elle seule le poids
de nos défaites coloniales c'est que le lamentable traité
de 1763 porte sa signature. Or, il n'est pas le seul à en

avoir préparé les clauses désastreuses. On oublie trop qu'il trouva dans l'héritage de son grand-père une politique européenne avec laquelle il ne lui était pas possible de rompre sans devancer la chute du régime tout entier.

« La France, dit un historien anglais, perdit le monde maritime parce qu'elle a toujours été partagée entre une politique d'expansion coloniale et une politique de conquête européenne. Si nous comparons ensemble les sept grandes guerres de 1688 à 1815, nous serons frappés de ce fait, qu'elles sont pour la France des guerres doubles ; elles ont d'un côté l'aspect d'une guerre entre l'Angleterre et la France, de l'autre l'aspect d'une grande guerre entre la France et l'Allemagne ; c'est la double politique de la France qui cause ce double conflit, et c'est la France qui en souffre. »

L'Angleterre n'a le plus souvent qu'un seul but et ne fait qu'une seule guerre, tandis que la France poursuit deux guerres à la fois, avec deux buts distincts. Quand Chatam disait qu'il allait conquérir l'Amérique en Allemagne, il montrait qu'il se rendait compte de l'erreur que commettait la France en divisant ses forces ; il comprenait qu'en aidant Frédéric de ses subsides, il forcerait la France à s'épuiser en Allemagne, pendant que nos possessions d'Amérique et de l'Inde tomberaient sans défense entre ses mains.

A ces causes du déclin qui relèvent de la politique générale de la monarchie française, il en est d'autres dont la faute ne saurait davantage incomber exclusivement à Louis XV : ce fut l'immoralité de l'entourage immédiat du roi, de cette cour composée de nobles ruinés, de financiers cosmopolites, d'agioteurs sans patrie, façonnée à la bassesse de cœur par l'omnipotent égoïsme du grand-père et dans laquelle grandit le petit-fils.

— Ce furent les tracasseries d'une administration jalouse et l'étroitesse de conception du régime des compagnies — ce fut l'ingérence pernicieuse dans nos colonies d'un clergé sceptique et par là même intransigeant — ce fut la caducité de l'organisation de la propriété coloniale, basée sur les formes surannées du régime féodal — ce fut, pour une bonne part, la fragilité du mécanisme inventé par Colbert, grand ministre, patriote désintéressé autant que l'on voudra, mais malheureusement doué, en matière coloniale, d'une vue trop courte pour explorer les lointains horizons de nos destinées.

Il eût fallu que Louis XV réformât tout cela : autant aurait valu demander à ce sceptique de faire à lui seul la Révolution française !

S'il est vrai que de l'année 1748 datent le déclin de la Compagnie française des Indes et le renoncement du pouvoir central à une politique d'expansion dans la péninsule indienne, il n'en faudrait pas conclure que cette année inaugure pour les armes françaises, oubliées pour ainsi dire au pays des rajahs, l'ère des défaites et du découragement. Les difficultés inouïes qui s'accumulent sur la route de Dupleix et de ses lieutenants n'ont d'autre résultat que d'exaspérer leur courage et de leur fournir l'occasion de remporter de nouveaux triomphes.

La victoire de San Thomé n'avait pas fait tomber aux mains de Dupleix la petite place de Saint-David : la garnison anglaise de Madras s'y était réfugiée au lendemain de sa défaite et constituait le suprême espoir de la Compagnie anglaise. Sa situation paraissait d'autant plus compromise que les nababs désertaient la cause britannique compromise. Toutefois la France ne pouvait devenir maîtresse incontestée de l'Inde qu'à la condition que l'Angleterre, plus forte sur mer, fût privée de ce débarcadère. Si la Compagnie française des Indes se fut mieux pénétrée de ses intérêts et les ministres de Louis XV de leur devoir, si les secours que Dupleix sollicitait avec une patriotique éloquence lui étaient parvenus, ce dernier pas était fait et l'Inde devenait à tout jamais terre française.

Après que Bury, un ancien protégé du régent imposé à Dupleix, eût par son incapacité et ses lenteurs essuyé un premier échec, Paradis fut chargé de réduire la résistance des gens de Saint-David. Le succès allait cou-

4

ronner sa science et sa bravoure, la garnison anglaise
aux abois parlait déjà de capitulation, quand, au lieu
de la flotte française attendue, parurent à l'horizon les
voiles d'une escadre britannique sous les ordres de
l'amiral Griffin. « Les circonstances étaient graves,
périlleuses même ; en un instant tout venait de changer
de face. Que faire ? attendre des secours ? Isolé, à six
mois de la mère-patrie, se sentant en butte aux loin-
taines et sourdes hostilités soulevées contre lui à la
cour par les amis de La Bourdonnais, Dupleix n'y son-
geait plus ; réduit à ses ressources personnelles que la
lutte usait chaque jour et qui devaient finir par tomber
à rien, il se voyait d'assaillant assiégé... il voyait la
flotte anglaise bloquant Pondichéry ou bombardant
Madras que, sans perdre espoir ni courage, gardait son
dévoué lieutenant d'Esprémenil. »

Avant que ses communications fussent coupées, il
chargea le commandant Bouvet (qui plus tard devait,
comme amiral, ajouter de glorieuses pages à notre histoire maritime) de réunir au plus tôt quelques mauvais
bâtiments et d'aller jeter quelques centaines d'hommes
à Madras. Déjouant avec une grande habileté la surveil-
lance de l'amiral Griffin, Bouvet put mener à bien sa
mission : il était temps. L'escadre de Griffin n'était en
effet que l'avant-garde des renforts partis d'Angleterre
pour gagner la seconde manche de la partie ; une flotte

TYPES INDOUS

formidable arrivait sous les ordres de Boscawen ; elle comptait 20 vaisseaux de ligne et 22 gros transports, armés d'un millier de canons ou caronades : 3.800 hommes d'équipage la montaient ; elle portait en outre 7.000 hommes de troupes de débarquement et une nombreuse artillerie de campagne.

Dupleix donna l'ordre à Paradis, qui obéit la mort dans l'âme, d'abandonner immédiatement le siège de Saint-David et de rentrer à Pondichéry dont il lui confia la défense. Le gouverneur en effet n'était pas un homme de guerre ; mais son génie d'administrateur lui fit découvrir dans son entourage ces officiers d'élite que furent Paradis, Bussy, La Touche et autres, qu'électrisa son propre courage et que soutint jusqu'au bout son admirable énergie.

Boscawen, arrivé en vue de Pondichéry le 15 août, perdit un temps précieux à préparer son débarquement et ne sut empêcher Paradis de regagner Pondichéry : il ne put qu'atteindre son arrière-garde et l'obliger à lui abandonner un des ouvrages extérieurs de la place où elle s'était arrêtée pour rétablir quelques fortifications. Le 30 août seulement, les Anglais réussissaient à investir la ville par terre et par mer et ouvraient la tranchée.

Pour arrêter leurs préparatifs d'assaut, Paradis multiplia les sorties : chaque nuit il lançait de petits détachements sur divers points des lignes ennemies et chaque

fois surprenait quelqu'un de leurs postes. Dans les dix
premières nuits du siège, 600 Anglais dont 70 officiers
tombèrent sous les balles d'habiles tireurs plus particulièrement chargés de viser ces derniers. Une sortie
générale tentée un soir d'orage eut malheureusement
une désastreuse conséquence : un petit groupe de soldats et de travailleurs ennemis venait d'être cerné dans
une tranchée avancée ; Paradis veut sommer ces gens
de se rendre ; il tombe frappé d'une balle. Cette mort,
l'attitude des Hindous dont Boscawen commençait à
ébranler la confiance en notre supériorité, rendirent
bientôt la situation presque désespérée.

« Mais Dupleix ne fut jamais plus grand que dans
l'adversité. Il s'improvisa général, ingénieur, artilleur,
chef d'intendance et sut conserver un calme et une sérénité
qui devinrent contagieux. L'attention qu'il donnait aux
mesures de défense, l'habileté avec laquelle il fortifiait
les points trop faibles et réparait ceux que l'ennemi
avait entamés, créèrent autour de lui une telle foi en sa
capacité, qu'elle se convertit en enthousiasme. Les indigènes de Pondichéry s'associèrent à la défense dans
une communauté de vaillance. » Ces derniers s'étaient
réfugiés en grand nombre dans la place pour échapper
aux brutales réquisitions de Boscawen. Quand ils virent
leurs maisons brûlées, leurs plantations saccagées par
l'envahisseur, leurs temples transformés en casernes où

toute licence se donnait libre cours, ils prirent les armes. Leur souplesse, l'intelligence dont ils firent preuve, donnèrent à Dupleix l'idée d'en faire un corps spécial encadré seulement de chefs européens : ce fut l'origine des contingents cipayes dont les Anglais devaient plus tard faire l'instrument inconscient de leur domination.

L'âme, le vrai chef de cette petite armée hindoue fut la Bégum Jeanne. L'héroïque femme de Dupleix ne se contentait point de réconforter dans l'intimité de la maison le courage de son mari aux heures les plus difficiles ; elle l'aidait de toute la force de sa mâle énergie, de toutes les ressources de sa haute intelligence. Mettant à profit les sympathies que lui avait conciliées son origine et son inépuisable bienveillance, elle entretenait avec les nababs, aussi bien qu'avec les parias, des intelligences qui lui permettaient de renseigner le gouverneur sur les intentions de l'ennemi, sur ses positions, sur l'état d'avancement de ses travaux. C'est ainsi que plusieurs sorties faites d'après ses indications causèrent de sérieuses pertes aux assiégeants. Elle réussit même à pénétrer sous un déguisement dans le camp anglais et à y surprendre le plan de l'assaut général que Boscawen, pressé par l'approche de la mousson, avait décidé de tenter. Les feintes de l'ennemi ne surprirent personne, et, quand son attaque se dessina,

elle se heurta à toutes les forces de Dupleix devant lesquelles elle dut se replier. L'amiral, pour venger cet
échec, se préparait en désespoir de cause à faire bom-
barder la ville par ceux de ses vaisseaux dont le feu
des forts avait le plus épargné le gréement, quand sur-
vinrent de terribles ouragans qui dispersèrent sa flotte.
Tandis qu'il s'efforçait de la rallier, la fièvre jaune fit
son apparition parmi ses troupes, les menaçant d'une
destruction complète. Le 16 octobre 1748, le siège était
levé : une partie des troupes rembarquait sous la canonnade de Pondichéry — canonnade dont l'effet moral
fut plus considérable sur les Hindous que l'effet matériel
sur la flotte ennemie — l'autre partie, menacée d'une
sortie des assiégés, se défila le long du rivage à la faveur de la nuit et parvint à regagner Saint-David.

La retraite désastreuse de l'armée britannique ren-
versa encore une fois la situation : la victorieuse résistance de Dupleix lui ramena les Hindous ; les rajahs,
ralliés à notre cause par le succès, ne trouvèrent pas
d'expressions assez laudatives pour féliciter Dupleix de
son triomphe : ce qui les frappait surtout c'était que la
victoire s'était mise du côté des plus petits bataillons.
Le Grand Mogol lui-même exprima à son nabab de
Pondichéry, d'assez naïve manière d'ailleurs, son éton-
nement de l'avoir vu, avec une poignée de « sorciers »
français, rejeter à la mer la plus puissante force euro-

péenne que l'Inde eût jusqu'à ce jour vue débarquer sur ses côtes.

Dupleix ne manqua pas de tirer de la situation tout le parti possible. On lui a reproché d'avoir envoyé aux quatre coins du pays des courriers pour annoncer sa victoire dans des termes d'une emphase excessive. C'est mal connaître les Hindous et mal comprendre le but que poursuivait le gouverneur. Il fallait frapper l'imagination des indigènes, leur prouver par les faits que si un Français valait cent Hindous, il valait vingt Anglais, et cela non par stérile gloriole, mais dans un intérêt politique bien compris.

Et cependant les ministres abandonnaient Dupleix ;

ils semblaient même le désavouer : la paix d'Aix-la-
Chapelle se signa sans qu'ils missent dans la balance le
succès de ses armes ; bien pis même, les traités l'obli-
gèrent à rendre Madras aux Anglais.

Il fallut alors que Dupleix, poursuivant son rêve avec
une admirable opiniâtreté, demandât à l'Inde les contingents qu'il n'attendait plus de France. Comme il avait
entrepris d'enrichir commercialement l'Inde par l'Inde,
il résolut aussi de conquérir l'Inde par l'Inde. Maître
du continent, sûr d'y pouvoir puiser toutes les ressources en hommes et en approvisionnements dont il
allait avoir besoin, il voulait, quand éclaterait la guerre
nouvelle qu'il sentait prochaine, être plus puissant sur
le sol asiatique que toutes les flottes réunies d'Angleterre sur mer.

Comme la paix l'empêchait de s'attaquer en face aux
Anglais, qui s'efforçaient de rétablir de leur mieux à
Madras leurs relations politiques et commerciales, il ne
cessa de les combattre indirectement en assurant la pré-
pondérance à nos alliés sur les leurs, en rompant
l'équilibre entre eux et nous par l'accroissement de
notre influence et de notre territoire.

Pour pouvoir subvenir aux dépenses de sa politique,
il déploya une activité inlassable à faire mettre en valeur des territoires peu étendus, mais exploités d'une
façon intensive. Pour soutenir avec efficacité son rôle

de protecteur des rajahs, il forma avec l'élément indigène, dont il avait apprécié les qualités pendant le
siège de Pondichéry, une armée qu'il exerça à l'européenne ; et, pour la commander, il eut le bonheur de
trouver un second Paradis.

D'illustre naissance mais de petite fortune, le marquis de Bussy s'était, comme Dupleix, pris d'une véritable passion pour l'Hindoustan, et ce sentiment devait
unir d'une façon quasi fraternelle nos deux héros de la
conquête indienne. Habile officier, il eut le rare talent
d'être avec docilité et non sans gloire, le bras vigoureux du merveilleux cerveau que fut Dupleix.

Au milieu du xviii° siècle, la région indienne située
au sud du Gange et de la Nerbuddah comprenait : au
nord-est, le pays du Bengale qui couvrait la vallée in-
férieure du fleuve et où le principal centre français
était Chandernagor — sur la côte est, le pays des Cir-
cars que limitait au Sud le Godavery — sur la côte de
Coromandel, le Carnatic qui formait l'arrière pays des
territoires français de Pondichéry et de Karikal et des
territoires anglais de Madras — à l'ouest, tout le long
de la côte de Malabar, s'étendait le pays de Mysor, dans
lequel étaient enclavées des possessions portugaises,
hollandaises et françaises ; — au centre, couvrant le
grand plateau intérieur de la péninsule, était le Dekkan,
au milieu duquel s'étaient établis des Mahrattes.

En 1750, le Dekkan et le Carnatic étaient en proie à
la guerre civile : dans ce dernier pays notre vieil ennemi
Anaverdi-Khan disputait la couronne à Chanda-Saïb.
Les Anglais soutenaient le premier de ces princes ; Dupleix se déclara pour le second.

Dans le Dekkan, le Soubadhar Nizam-el-Molouk venait
de mourir, laissant le trône à son fils Nazir-Yung qui était
resté fidèle aux Anglais malgré leurs revers. Nazir avait
un petit-fils, Mousafer-Sing, nature envieuse et despo-
tique, caractère hésitant et faible. Faute d'un meilleur
instrument Dupleix n'hésita point à se servir du jeune
homme : flattant son ambition, il lui promit son appui
s'il voulait s'emparer de l'héritage de son grand-père.
Mousafer accepte ; mais il manque d'abord de tout compromettre par sa maladresse ; arrêté et jeté en prison
par son père, il lui avoue ses intrigues avec les Français ;
le vieux Nazir jure d'exterminer ses ennemis européens
et concentre à Gingi ses préparatifs de guerre.

Cette place, située au débouché du Dekkan dans le
Carnatic, était bâtie entre trois hautes montagnes ; elle
constituait une formidable citadelle hérissée de fortifications excellentes dont les ingénieurs anglais avaient
amélioré la tenue ; de plus, par sa position sur le cours
supérieur de la rivière qui se jette à Pondichéry, elle
demeurait un danger permanent pour notre établissement.

Dupleix, apprenant les préparatifs de Nazir, décida de prendre une rapide offensive et désigna Bussy et de la Touche pour enlever au roi du Dekkan sa base d'opérations. Mais il fallait, pour arriver à Gingi, passer sur le dos d'Anaverdi-Khan. D'Autheuil fut chargé d'ouvrir la route. Avec un solide petit corps d'armée ce lieutenant réussit à atteindre près d'Ambour l'armée du vieux nabab qu'il battit et tua. Mais dangereusement blessé lui-même,

PONDICHÉRY

me, il perdit ces moyens qui l'avaient jusqu'à ce jour fait remarquer comme un des plus habiles officiers de l'Inde et faillit compromettre le succès de la campagne. Néanmoins nous entrions à Arcate et notre allié Chanda-Saïb y était proclamé roi. De son côté Mousafer, échappé de sa prison, réunissait quelques partisans contre son père et venait à Pondichéry s'incliner devant Dupleix.

Cependant Nazir ne perdait pas son temps. En novembre il avait réuni 100.000 fantassins, 40.000 cavaliers, 700 éléphants et 350 canons. La Touche marche sur lui avec 800 français, 300 cipayes et 10 canons. Le 15 novembre, vers le soir, il a connaissance du campement ennemi qui couvrait plus d'une lieue carrée : il s'avance avec mille précautions, réussit sans être découvert à placer son artillerie à petite portée de l'ennemi et attend patiemment que la nuit tombe sur son campement. Vers onze heures du soir, les canons français commençaient à tirer à mitraille sur la cohue indienne tandis que fantassins et cipayes, sans brûler une cartouche, attaquaient à la baïonnette : ce fut un carnage épouvantable : l'incendie déchaîné sur le camp augmente la panique, et, sans perdre un homme, La Touche met dans une complète déroute, avec sa poignée de braves, cette armée de 150,000 hommes. Le vieux Nazir réussit toutefois à échapper monté sur un éléphant de guerre.

De son côté Bussy accomplissait presque en même temps un exploit non moins merveilleux que M. T. Hamont, un des historiens de l'Inde les plus autorisés, raconte en ces termes :

« Le 11 septembre, Bussy arriva devant Gingi avec 250 Européens, 400 cipayes et 4 pièces de canon. La reconnaissance des défenses de l'ennemi, la force de la position, le nombre des obstacles matériels, la difficulté de l'ascension ne refroidirent pas l'ardeur du jeune général. Persuadé de l'impossibilité d'un siège régulier, il voulait prendre la ville d'assaut. Il comptait sur son audace, son habilité, la bravoure de ses troupes, la pusillanimité de l'ennemi. Il y avait certes bien des chances de succès, mais un revers était possible pourtant; nos troupes pouvaient être contraintes de s'arrêter devant une de ces barrières matérielles contre lesquelles l'énergie et le courage demeurent impuissants. Heureusement l'ennemi fit une faute colossale. Il quitta les hauteurs de Gingi, où il était si redoutable, pour descendre dans la plaine parsemée de villages où nous étions campés, et vint à notre rencontre dans un ordre de bataille des plus mauvais. La cavalerie était en tête : l'infanterie suivait immédiatement. Comme d'habitude, le feu de nos canons dissipa rapidement les cavaliers hindous, qui, débandés, se rejetèrent sur l'infanterie et y mirent le désordre. La vivacité du feu, une charge à la baïonnette de Bussy, l'arrivée de d'Autheuil avec ses compagnies, amenèrent l'entière déroute de l'ennemi. Bussy, poussant les fuyards l'épée dans les reins, gravit avec eux les pentes de la montagne et arriva en même temps qu'eux sous les remparts de la ville, malgré une grêle de balles et de boulets qui partaient des créneaux de l'enceinte. La plus grosse partie des Hindous put traverser les ponts et fermer les portes, et un feu terrible s'abattit sur les soldats français à découvert et au pied des murs.

La position n'était plus tenable; il fallait redescendre en vaincu les pentes si audacieusement gravies, ou pénétrer immédiatement dans la ville. Bussy s'arrêta à ce dernier parti. On réussit à appliquer un pétard le long d'une porte et à la faire sauter. La petite armée de Bussy s'engouffra aussitôt sous la voûte et un combat acharné commença dans les rues de la ville. Malgré la fusillade qui partait des fenêtres, les attaques réitérées de l'ennemi et les feux croisés des cidadelles qui dominaient la ville, Bussy, le soir, était maître de la cité. Mais les forts tenaient toujours, et leur tir devenait de plus en plus vigoureux. On s'abritait tant bien que mal ; on ripostait avec les pièces de campagne et quelques mortiers ; mais il était clair que l'artillerie française ne parviendrait jamais, à cause de sa faiblesse numérique à réduire au silence les batteries ennemies. Que nous réservait l'apparition du jour si les forts restaient au pouvoir des Hindous? Il y aurait une recrudescence du bombardement, un retour offensif de l'ennemi. On perdait déjà beaucoup de monde : que serait-ce lorsque ses canonniers ne tireraient plus au hasard mais concentreraient le feu de toutes leurs pièces sur la poignée de Français qui occupait la ville ?

« Bussy, tout de suite, vit qu'il fallait aller de l'avant et marcher sans perdre une minute sur les citadelles; il froma trois détachements, et, leur désignant les forts

à enlever, il les lança à l'attaque ; lui-même prit le commandement des sections qui opéraient contre le principal ouvrage. L'ennemi s'était barricadé sur les versants
que nos troupes avaient à gravir ; de là il faisait pleu-
voir une grêle de balles sur l'assaillant. Ni la difficulté du
sol, ni les retranchements, ni la mousqueterie, ni la canonnade n'arrêtèrent l'élan des compagnons de Bussy. Au
matin, les citadelles étaient à nous, et les vainqueurs
eux-mêmes s'étonnèrent de leur victoire quand, à la
clarté du soleil levant, ils virent les fortifications prises
en si peu d'heures. »

Nazir essaya inutilement de relever son prestige : ral-
liant les débris épars de son armée il poussa une pointe
hardie vers Pondichéry. La Touche, sans attendre Bussy
qui devait le rejoindre, lui barra audacieusement la
route. Peut-être ne fût-il pas venu à bout de son adversaire sans la diplomatie de Dupleix. Les chefs que le
Soubadhar entraînait à sa suite avaient été habilement
travaillés : quelque infime qu'elle fût, l'armée française
leur paraissait protégée par un invincible talisman, et
bon nombre d'entre eux craignaient que leur alliance
avec Nazir ne leur portât malheur. A peine la bataille
fut-elle engagée que les Français virent soudain s'arrêter
les masses ennemies : une rumeur singulière s'éleva
d'au milieu d'elles ; on entendit des acclamations reten-
tir en faveur de Mouzafer : Nazir, furieux de la désaf-

5

fection qu'il a surprise chez ses nababs, insulte l'un d'eux ; ce chef, poussant son éléphant de guerre près de celui du Soubadhar, tue raide d'un coup de carabine le vieillard dont la tête est coupée aussitôt et promenée le long des lignes, plantée au bout d'une pique.

Mouzafer, proclamé sur le champ de bataille souverain du Dekkan, vint à Pondichéry faire ratifier par Dupleix cette tragique élection.

Le jour du couronnement, Dupleix prit place sur un trône pareil à celui de Mouzafer qui lui décerna le titre de Zafir-Singh-Bahadour « le toujours brave et victo-rieux ». Mais il recueillait des avantages plus solides que ce pompeux surnom : des félicitations et des propositions d'alliance lui furent adressées de toutes parts, par le rajah de Delhi lui-même. Aux possessions de la Compa-gnie s'ajoutèrent les territoires de Mazulipatam et de Yanaon ; celui de Karikal fut étendu ; la monnaie de Pon-dichéry fut seule admise dans la soubabie à l'exclusion des autres monnaies étrangères ; aucune faveur ne pouvait être accordée sans le consentement du gouverneur. Enfin Dupleix reçut personnellement le Carnatic. Mais il ne voulut pas conserver pour lui cette province ; il en confia l'investiture à Chanda-Saïb, tout en se réservant le droit d'y nommer lui-même les gouverneurs.

Ce rude échec porté à leur politique ne découragea pas les Anglais. Energiquement soutenus par leur gouvernement

qui ne leur refusait ni vaisseaux, ni hommes, ni argent,
ils s'efforcèrent de calquer la politique de leur ennemi
et nouèrent contre lui des intrigues à la cour même du
Grand Mogol. Ils représentèrent à cet indécis monarque
que Mouzafer, en demandant son investiture au gouverneur français, n'avait eu d'autre but que de se soustraire
à son suzerain naturel, et que les Français, en intervenant
dans les affaires politiques de l'Inde, avaient répudié leurs
engagements solennels. Par ces moyens ils réussirent à
obtenir du Grand Mogol l'investiture de la soubabie du
Dekkan en faveur d'un de leurs protégés, Ghazdiouzin,
qu'appuyait au demeurant le féroce chef des Mahrattes
Baladgi-Nao : le couronnement du rival de Mouzafer eut
lieu à Aurun-Gabad.

Dupleix n'attendait que cette occasion pour attaquer
en face les Anglais. Il donna à Mouzafer pour soutenir
ses prétentions un corps d'armée de 2000 hommes et une
batterie d'artillerie. Ce corps comptait seulement 300 français, mais il avait à sa tête Bussy et 10 officiers rompus
aux guerres de l'Inde.

Mouzafer s'acheminait sur le Golconde quand plusieurs
nababs, connaissant sa pusillanimité, tentèrent de lui
arracher des lambeaux du royaume dont il ne faisait
qu'entamer la conquête. Fort de l'appui de Bussy, le
Soubadhar répondit avec mépris à ces exigences ; une
révolte éclata parmi ses troupes et lui-même tomba sous

les coups de ses sujets. Tout semblait compromis. Avec une rapidité d'action dont Dupleix seul paraissait avoir le secret, Bussy, sans plus s'inquiéter de la personnalité de l'allié qu'il était chargé de soutenir, proclama roi du Dekkan Soulabet, un des cousins de Mouzafer. Puis il fit, en présence de toute l'armée, fusiller les auteurs du complot. Ce hardi coup de théâtre et la prise de Canoul qui tomba à peu près dans les mêmes conditions que Gingi au pouvoir de Bussy, ouvrirent à Soulabet la route de sa capitale.

Restait toutefois à vaincre l'ennemi le plus redoutable : Baladgi-Nao s'avançait à marches forcées vers le sud du Dekkan avec 80.000 cavaliers mahrattes, 30.000 fantasins et 160 pièces de canons.

Le mot d'épopée est le seul qui puisse vraiment s'appliquer à la lutte homérique que soutinrent Bussy et ses 300 français contre des forces près de cent fois supérieures en nombre. Elle évoque le souvenir de ces batailles mémorables que soutinrent jadis contre les Perses les Spartiates de Léonidas. Pendant deux jours de suite, les hordes de Baladgi précipitèrent leurs assauts sur l'armée de Soulabet que Bussy avait rangée en bataillon carré et dont chaque angle formé de troupes françaises était protégé par la petite artillerie. Fauchés par la mitraille, les escadrons mahrattes ne reculaient que pour se reformer et renouveler leurs attaques. Dé-

cimé, épuisé de fatigue, le soir de la seconde journée,
l'ennemi se retire à quelque distance pour prendre du
repos. Le lendemain matin, il tente un retour offensif.
Mais au moment où la mêlée s'engage une éclipse de lune
vient jeter le trouble dans l'esprit superstitieux des barbares. En voyant leur hésitation, Bussy entraîne toutes
ses troupes dans un admirable élan ; le petit contingent
fraye la route aux alliés jusque dans le camp marhatte
où commence une épouvantable boucherie que la nuit
seule arrête. Près de 40.000 cadavres couvraient le
champ de bataille. Ce qui restait de l'armée de Baladgi
ne put jamais se rallier : le *Peshva* lui-même s'échappa
nu sur un cheval.

Le Dekkan et le Carnatic, plus de la moitié de l'Inde,
tombaient en notre pouvoir. Près de 40 millions d'Hindous reconnaissaient notre suprématie ; Baladgi vaincu
reconnaissait notre protectorat sur le pays Mahratte. La
fortune de Dupleix était à son apogée : seul, sans le secours de la Compagnie, sans l'appui du gouvernement,
avec l'aide de quelques braves et d'une poignée de Français, il donnait à la France un empire plus merveilleux
encore que celui du Canada.

Si, d'une rive à l'autre de l'Océan Indien, l'Inde relevait
de notre domination, un danger cependant nous menaçait encore, aux portes mêmes de Pondichéry. Il devait
prendre en quelque temps d'effrayantes proportions.

L'affaire du Carnatic n'était pas terminée. Quand le

RUINES D'UN TEMPLE INDOU DANS LE DEKKAN

successeur d'Anaverdi-Khan, Chanda-Saïb, voulut prendre possession du pays dont il tenait l'investiture de la France, il trouva installé dans sa capitale de Tritchinopali le fils de son prédécesseur, Méhémet-Ali. Effrayé de nos progrès, Méhémet s'était tout d'abord engagé à composer avec son rival moyennant une indemnité et une nababie ; sommé de tenir cet engagement, il s'y refusa. Il n'était point malaisé d'apercevoir à travers ce refus les agissements de l'Angleterre. Celle-ci, en effet, jugeant l'occasion favorable, envoie à Méhémet 700 hommes de troupes européennes et 1 400 cipayes placés sous les ordres de Lawrence et de Robert Clive. Ce corps de soutien commence par subir un grave échec. Bussy lui enlève toute son artillerie au moment où elle rejoignait l'armée de Méhémet. Mais Robert Clive, un digne adversaire de Dupleix, prend bientôt sa revanche sur un officier français que la Compagnie a encore imposé à Dupleix, Law de Lauriston. Cet incapable laisse tomber Arcate aux mains de l'ennemi. Dupleix tente une diversion et menace Madras : une panique folle règne dans la place à la nouvelle de l'approche des Français et le gouverneur de la Compagnie anglaise Saunders rappelle en toute hâte Robert Clive.

Une nouvelle faute de Law vint tout perdre. Au moment où Tritchinopali allait tomber entre nos mains il trouva moyen de se faire battre sous les murs de la place ; puis battant en retraite sans y être autrement obligé, il alla s'enfermer stupidement dans la petite île de Seringham, sans avoir préalablement assuré ses approvisionnements. Pressé par la disette et par l'armée de Méhémet, il capitulait quelques jours après avec 40 canons, 35 officiers, 780 Européens et 2000 cipayes. Chanda-Saïb abandonné tombait aussitôt au pouvoir de l'ennemi et était passé par les armes.

Ce premier désastre fut bientôt suivi d'un second : d'Autheuil, qui depuis sa blessure n'était plus que l'ombre de lui-même, déposait les armes à Volcondoupouram, et Dupleix-Abad, la ville que Chanda venait de fonder en l'honneur de son protecteur, était incendiée par Clive.

Ces deux défaites découvraient Pondichéry dont la défense était à peine assurée par une centaine d'invalides.

Dupleix fut aussi admirable d'énergie dans le malheur que dans le succès. Par une diplomatie habile que seconde avec son incroyable hardiesse la Bégum Jeanne, il réussit à détacher de l'alliance anglaise les Mahrattes qui voulaient prendre leur revanche. Avec l'aide de Bussy et de Kerjean, il reprend même l'offensive, bat Clive à à Gingi, et tue à Lauwrence sous les bastions même de Tritchinopali l'élite des grenadiers anglais. Un effort loyal de la Compagnie, l'envoi de deux solides bataillons par le gouvernement auraient suffi pour relever notre fortune. La Bégum Jeanne adresse à M^me de Pompadour « un chargement de présents d'un prix inestimable, et une lettre la suppliant d'intéresser le roi au sort de l'Hindoustan ». La courtisane lit avec émotion l'appel de la Bégum, agit activement près de Louis XV qui lui promet l'envoi immédiat « de ce qui sera nécessaire pour sauvegarder dans les Indes l'honneur et l'intérêt ». Mais les ministres ne veulent voir dans l'ordre du roi d'équiper troupes et bateaux pour le service de l'Inde qu'une satisfaction donnée à un caprice de femme, et pour y aller au meilleur marché, ils envoient les deux plus mauvais navires de la flotte *le Centaure* et *le Bourbon* qui mettent six mois à amener 500 hommes, « ramassis de la plus vile canaille, recrutée par la Compagnie ». Cette bande de maraudeurs et de pillards essaya d'introduire à Pondichéry ses habitudes de vol. Au lieu d'être un appoint pour la défense du pays, elle la priva du concours des soldats qu'on dût exclusivement employer à la surveiller.

Une lueur d'espérance toutefois vint briller quelques jours après dans l'âme de Dupleix : on lui annonçait l'arrivée d'un autre vaisseau portant à son bord un de ses vieux amis : Godeheu.

Quelques jours avant son arrivée, Godeheu faisait parvenir de l'île de France à Dupleix, ce message : « Je vais hâter notre relâche pour avoir plutôt le plaisir de vous voir, ainsi que M^me Dupleix et M^lle sa fille. »

« Le 2 août 1754, écrit M. Rambaud, arrivait le navire tant attendu et avait lieu sur la plage de Pondichéry

l'entrevue entre les deux hommes : empressement joyeux
de Dupleix ; politesse froide et revêche de Godeheu.
Celui-ci remit à Dupleix un premier papier : ordre de
rappel, mais justifié sur la nécessité de mettre la Compagnie à portée de ses lumières. Puis un second papier :
c'était la révocation de Dupleix signée par le roi, qui en-
joignait même de « faire arrêter le sieur Dupleix... et de
le faire embarquer sur le premier vaisseau qui partira
pour France ». Enfin un troisième papier, signé Godeheu :
il contient la demande d'un rapport détaillé sur la situation. Dupleix pâlit affreusement et dit seulement qu'il
ne saurait qu'obéir au roi et se soumettre à tout. Godeheu
demanda la convocation du conseil et il donna lecture
de ses instructions. Ce fut une stupeur dans l'assemblée.
Dupleix rompit ce silence glacial en criant : « Vive le
roi ! » Le 3 août, Godeheu se fit reconnaître par les
troupes comme gouverneur, prit les clefs de la place et
donna le mot d'ordre. Il n'avait qu'un regret : c'est que
la prudence de Dupleix l'eût empêché de faire un coup
d'autorité. »

L'admirable français qu'était Dupleix aurait pu le faire
« ce coup d'audace » sans que la postérité essayât même
de le lui reprocher : il se montra plus grand qu'il n'avait
encore paru : accompagné de sa dévouée Bégum et de
leur fille, il quitte l'Inde, embarqué en hâte par Godeheu,
regrettant seulement de n'être pas tombé en soldat,

sur cette terre de rajahs dont il avait fait une terre française.

Deux lignes suffisent pour expliquer et flétrir à jamais la cause de cette soudaine disgrâce : depuis trois ans les dividendes de la Compagnie étaient tombés à rien, et ses mercantis n'admettaient pas qu'on leur donnât de la gloire au lieu d'écus ; puis l'Angleterre avait demandé à Louis XV d'imposer à la Compagnie le rappel de Dupleix dont elle avait peur : et Louis XV avait obéi par peur de l'Angleterre.

Tandis que Godeheu signait, le 26 décembre 1754, le honteux traité aux termes duquel les deux Compagnies rivales s'interdisaient d'intervenir dans les affaires de l'Hindoustan et renonçaient à toutes possessions acquises au cours des guerres du Carnatic et du Dekkan ; tandis que par l'intermédiaire des agioteurs qui dévoraient sa fortune et foulaient aux pieds son honneur, la France abdiquait tous ses droits sur le plus bel empire colonial qu'un français eut jamais rêvé de constituer, Dupleix, rentré à Paris, disputait en vain aux shylock de la monarchie agonisante les débris de sa fortune personnelle que dans les heures de détresse il n'avait pas hésité à sacrifier sans compter aux intérêts de la Compagnie des Indes.

Après huit ans de misère, de tortures morales, de désespoir, il mourait le 10 novembre 1763.

Par une étrange destinée, c'est l'Angleterre qui la première a vengé Dupleix des déboires dont l'abreuva la France : quand, maîtres de l'Inde à leur tour, les Anglais ont tourné leur souvenir reconnaissant vers les hommes qui avaient fait de ce pays d'Orient un pays anglais, et jeté dans les sillons en friche de la vieille civilisation aryenne la semence de la civilisation nouvelle, quand ils ont songé à consacrer par le marbre ou le bronze la mémoire des héros de l'Inde, ils ont tenu à ce que dans ce Panthéon britannique figurât l'image de l'homme qui avait le plus contribué à la régénération de l'Inde ; et sur la place de Calcutta ils ont érigé une statue au grand Français Dupleix.

# CHAPITRE IV

## LA PERTE DE L'INDE

Lally Tollendal. — Victoire de Vandavachy. — Perte de Pondichéry. — Hyder Ali et le bailly de Suffren. — La paix de Versailles.
— Tippoo Sahib. — Les Établissements français de l'Inde en 1904.

Godeheu mit un an à accomplir son œuvre néfaste.
C'est en vain que nos anciens alliés ou leurs successeurs
se débattent contre l'étreinte de Clive ou de Lawrence :
ils sont abandonnés ou trahis. Seul Bussy est resté sourd
aux ordres de Godeheu ; il se maintient quand même
dans le Dekkan, s'alliant même avec les Mahrattes et le
sultan de Mysor pour conserver les places conquises
dans le centre de la péninsule. Quand la guerre de Sept ans
éclate, il trouve le moyen, avec 160 Européens, 600 cipayes et 5 canons de reprendre aux Anglais les territoires
qu'ils ont conquis au mépris du traité de 1754. Il réussit
même à faire entendre à Versailles un suprême appel
auquel il va être répondu.

Louis XV, se réveillant du lourd sommeil dans lequel l'avaient plongé les intrigues de ses ministres et de ses maîtresses, voulut faire quelque chose pour l'Inde et désigna Lally-Tollendal pour y relever le prestige des armes françaises.

Malheureusement, Lally-Tollendal était tout l'opposé de Dupleix. Vaillant officier, quoique brave sans discernement, il s'était distingué par sa hardiesse sur plusieurs champs de bataille; mais il ne savait rien des choses de l'Inde. Impérieux, têtu, il manquait de souplesse et de largeur d'idées. En partant pour son gouvernement, il prit une devise qui promettait beaucoup : « Plus d'Anglais dans la péninsule. » Malheureusement, son jugement égaré par les rapports mensongers qu'il recueillit près des hommes de la Compagnie lui fit voir sous un faux jour et sous de fausses couleurs l'Inde et les hommes qui la défendaient. Pour lui, Bussy et ses officiers n'étaient que des voleurs : n'avaient-ils pas mis à contribution les marchandises de la Compagnie et même les biens des princes alliés pour faire vivre leurs soldats? Puis, violent sans énergie, il s'aliéna complètement tous les Hindous qu'il méprisait et qu'il obligea, sans distinction de caste, brahmanes ou parias, jusqu'à s'atteler à ses chariots de munitions et à traîner ses canons.

Néanmoins, peu de temps après son arrivée, il enlevait à l'ennemi Gondelour, Arcate, Saint-David même qui avait bravé tous les efforts de Dupleix, et allait mettre le siège devant Madras. Mais là se bornèrent ses succès. Malgré des prodiges de valeur, les troupes françaises furent repoussées; Bussy rebuté, plus découragé par la méfiance de son chef que par la résistance de l'ennemi, conseilla lui-même la retraite que précipita l'arrivée d'une escadre anglaise. Le 16 février, Lally rentrait à Pondichéry. Bussy éloigne encore par un beau succès l'échéance fatale : il surprend les Anglais à Vandavachy, leur tue 400 hommes, leur prend 4 canons. Pour le remercier, Lally le représente au ministère comme « l'homme le plus faux, le plus menteur, le plus pillard... ; il a, disait le gouverneur, l'astuce d'un Maure et il est, comme Médée, versé dans l'art de la trahison et ne saurait être comparé qu'au plus grand malfaiteur condamné à la roue depuis cent ans. »

D'Aché, commandant de la flotte, ne sut pas se plier comme Bussy, avec l'abnégation d'un soldat, à la cause supérieure du drapeau; il montra plus que de la mollesse, et ne fit pour ainsi dire rien pour empêcher la chute de Pondichéry. Malgré un beau fait d'armes qui eut encore Vandavachy pour théâtre et au cours duquel Lally, faisant seul le coup de feu à vingt pas sur les grenadiers anglais, eut son habit entièrement déchiré par les balles, nos intrépides marins durent abandonner toutes les positions avancées de Pondichéry et laisser leur chef frappé de trois coups de baïonnettes aux mains de l'ennemi. Le 18 janvier 1761, Pondichéry capitulait. Un mois après Mahé avait le même sort.

Lally-Tollendal, en faveur de qui plaidaient cependant des services antérieurs et de remarquables actes de bravoure, paya cruellement les désastres dont il n'avait pas seul la responsabilité. Condamné le 6 mai à la décapitation, il fut conduit dans un tombereau sur la Grève, les menottes aux mains, un baillon sur la bouche et un bandeau sur les yeux. Le soir même où sa tête tombait, M^{me} du Deffand entendit les cochers de Paris fouetter leur cheval en criant : « Hue donc, Lally ! » C'est sur cet odieux épisode que se termine l'histoire de l'Inde française : après le grabat de Dupleix, le tombereau de Lally !

Le traité de 1763 avait consacré la ruine de notre empire indien : il ne nous laissait que les villes qui constituent actuellement les Etablissements français de l'Inde, des villes ouvertes avec des territoires morcelés et impossibles à défendre. Pondichéry, Mahé, Yanaon, Karikal, Chandernagor, quelques maganons et quelques aldées, à peine cinquante mille hectares et 280 000 habitants... voilà ce qui nous reste d'un empire qui, grâce à Dupleix, compta plus de 40 millions de sujets et près de 100 millions de protégés.

La France devait pourtant, avant la chute de la monarchie, tenter encore un effort, malheureusement insuffisant, pour arracher sa conquête à l'Angleterre. Si cet essai de restauration fut éphémère, il ne fut pas du moins sans racheter par quelque gloire la honte de Godeheu.

Un simple officier du rajah de Mysore, Hyder-Ali, s'était épris d'une admiration enthousiaste pour Dupleix. Vers le temps où la guerre de l'Indépendance des États-Unis détourna de l'Inde l'attention et les efforts de l'Angleterre, il entreprit, selon la formule du grand Français, de régénérer l'Inde par l'Inde. Une série de révolutions de palais l'ayant amené au pouvoir suprême, il s'était organisé une armée à la française, gardant pour lui le commandement en chef, mais ne prenant aucune décision sans l'avis d'un état-major composé d'instructeurs français formés par Bussy à la guerre de l'Inde. En peu de temps il avait fait la conquête de presque toutes les provinces occidentales.

Les quelques Français restés dans l'Inde, persuadés que le gouvernement de Louis XVI seconderait leur initiative, offrirent leur concours à Hyder-Ali, et, sans plus attendre, attaquèrent les établissements anglais. Tout d'abord la métropole ne s'inquiéta pas de les aider ; elle ne comprit la nécessité absolue de le faire qu'au jour où elle reçut la nouvelle que les Anglais s'étaient

6

vengés de l'audace trop confiante de nos colons en s'em-
parant de Pondichéry, de Yanaon, de Mahé et de Chandernagor. Il fallut bien se décider à agir, et c'est au bailli
de Suffren que fut confiée la mission de reconquérir les
villes perdues.

Élevé à la grande école de l'amiral d'Estaing, Pierre
de Suffren, simple cadet de la maison provençale, s'était
déjà signalé par son extraordinaire audace et sa décision.
Il part avec cinq vaisseaux et deux frégates d'une valeur
militaire médiocre et arrive en vue de Madras, après
avoir désemparé, au large des îles du cap Vert, à Praya,
la flotte anglaise de l'amiral Johnston.

L'amiral Hughes l'attendait sous Madras. Suffren ne
voulant point risquer ses vaisseaux sous le feu combiné
de l'escadre et des forts ennemis, se replie sur Pondichéry, à petite allure, espérant bien que Hughes lui donnera la chasse. L'amiral anglais tombe dans le piège. Le
17 février 1782, une furieuse bataille s'engage. Mieux
secondé par son état-major, qui supportait difficilement
la sévère autorité du chef, Suffren aurait remporté une
complète victoire ; il ne peut que contraindre l'adversaire à regagner son mouillage, non sans avoir fort mal-
mené ses navires. Hyder-Ali se croyant tout à fait abandonné, allait négocier avec les Anglais, quand heureusement Suffren put reprendre Pondichéry, y débarquer
ses troupes et décider le vieux Bussy, que les blessures

et les douleurs ramassées au cours de ses campagnes avaient éloigné des champs de bataille, à reprendre de nouveau du service pour le compte d'Hyder-Ali. De mars à juillet 1782, les flottes anglaise et française se rencontrent trois fois. Dans la dernière bataille, qui a lieu en vue de Négapatam, la flotte anglaise est entièrement désemparée et immobilisée pour deux mois. Suffren, dont les bateaux n'ont pourtant guère été épargnés, supplée à force d'activité à l'absence de tout secours.

Le 26 juillet, il a une entrevue à Gondelour avec Hyder-Ali qui témoignait le plus vif désir de le voir et de le féliciter de ses victoires. « Les Anglais ont enfin trouvé leur maître, aimait à dire le prince : voilà l'homme qui m'aidera à les exterminer ; je veux qu'avant deux ans il n'en reste plus un seul dans l'Hindoustan. » Les deux alliés ne se séparèrent qu'après s'être donné rendez-vous sous les murs de Madras. Suffren, pour éparpiller les forces anglaises, fit une utile diversion devant Trinquemale, le chef-lieu de Ceylan. Au bout de cinq jours cette place formidable capitulait. Elle était depuis déjà trois jours en notre possession quand l'amiral Hughes apparut, comptant bien écraser Suffren entre ses canons et ceux de la place ; son plan était déjoué.

Cependant Suffren, à la première nouvelle de l'approche de Hughes a ordonné à ses équipages de rembarquer au plus tôt. Le branle-bas de combat est sonné ;

mais tout d'abord le désordre se met dans l'escadre française ; un vaisseau prend feu par une cause inexpliquée. Quelques capitaines, mécontents de la dure croisière que leur a imposée Suffren, demeurent inactifs. L'amiral reste seul un instant exposé au feu de six vaisseaux ennemis. Toute sa mâture, hachée par les boulets-ramés, s'effondre entraînant le guidon de commandement. Suffren bondit sur la dunette : « Les pavillons, tous les pavillons ! qu'on en couvre le vaisseau ! » Le navire amiral grâce à cette voilure de fortune se reprend à marcher lentement, et les matelots, enthousiasmés par l'héroïsme du chef, redoublent d'ardeur. Les capitaines eux-mêmes, honteux de leur conduite, sont ramenés à des sentiments meilleurs par l'exemple que leur donne l'amiral et viennent au secours de son navire qui n'a plus un boulet à mettre dans ses canons. Pour ne pas paraître prêt à céder, on remplace les boulets par les projectiles les plus invraisemblables, et on finit par tirer à blanc quand il n'y a plus rien à mettre dans les bouches à feu. Cette audace extraordinaire eut raison de la flotte anglaise. Épuisée, elle se retira laissant pour la quatrième fois l'honneur du champ de bataille à Suffren.

Bussy, de son côté, marchait sur Madras quand la paix de Versailles arrêta les hostilités (1783).

Cette paix trop précipitée fut un malheur. Au moment où l'Angleterre tremblait à nouveau pour son empire

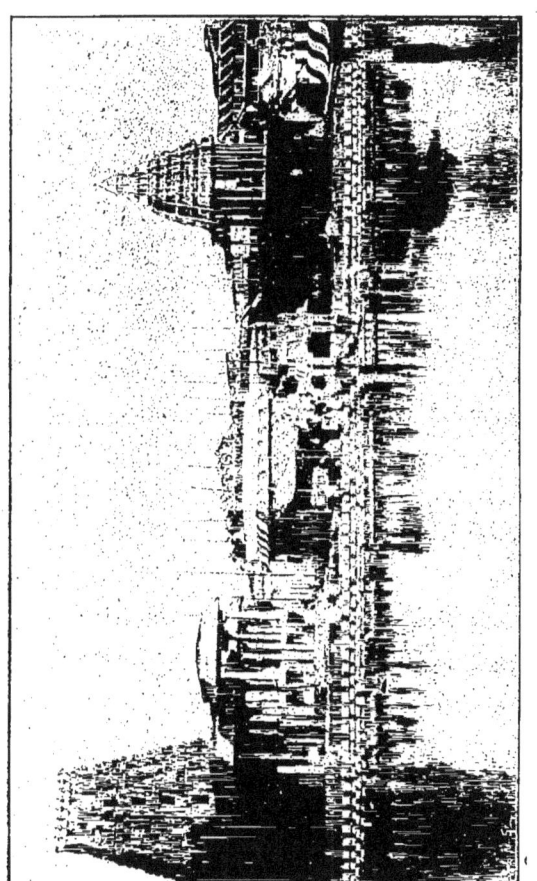

PAGODE ET ÉTANG SACRÉ PRÈS PONDICHÉRY

Indien, Louis XVI se contenta de rentrer en possession de nos villes de l'Inde.

Suffren, à qui Louis XVI et la cour avaient prodigué leurs témoignages d'admiration et les plus grands honneurs, devait être tué en duel, en 1787, par l'oncle d'un de ces jeunes courtisans que le roi avait improvisés officiers de sa marine et dont Suffren avait dû punir la lâcheté au cours de sa glorieuse croisière.

Tippoo-Saïb, fils d'Hyder-Ali, qui a trouvé dans l'héritage de son père la haine de l'Angleterre et prolongé la lutte jusqu'en mars 1784, supplie en vain Louis XVI de l'aider à reconquérir l'Inde pour le compte de la France : abandonné à ses propres forces, il est obligé de signer le traité de Mangalore. Mais la lutte reprend en 1792 ; Tippoo Saïb lutte avec une énergie désespérée, aidé par quelques officiers français qui ont préféré se mettre à son service qu'avoir recours à l'émigration pour échapper à la Terreur. En 1797, il s'adresse à Bonaparte, et lui propose une action combinée contre l'Angleterre. Bonaparte, non sans une sérieuse réflexion, se voit obligé de décliner l'offre du rajah. Ce n'est pas que le souvenir d'Alexandre ne hanta l'esprit de l'ambitieux général ; mais des difficultés insurmontables s'opposaient à la réussite du plan proposé par Tippoo Saïb. Définitivement abandonné par la France, ce dernier résolut de s'ensevelir sous les ruines de son empire. Après une

lutte héroïque de 7 ans, signalée par des victoires glorieuses, il se vit contraint de s'enfermer dans sa capitale
de Seringapatan. Le 3 mai 1799, il est tué en repoussant
l'assaut des colonnes anglaises. C'était la fin de l'Inde
libre.

L'histoire de l'Inde française se termine sur ce drame
de l'abandon. Le lent développement de nos pauvres
comptoirs de l'Inde ne présente pas un épisode glorieux
qui vaille d'être conté. Cependant leur raison d'être ne
réside pas dans le culte d'inoubliables souvenirs historiques. L'Inde actuellement se transforme. Une formidable évolution économique et sociale est à la veille de
rendre l'Inde aux Indous. On peut espérer que les vieilles
sympathies, que dans le fond de leur cœur ont gardées
les Indous pour la France, leur ancienne suzeraine, les
guideront plus librement vers les grands centres indus-
triels et commerciaux que pourront alors devenir Pondichéry, Karikal et Mahé.

Toutefois, comme conclusion, si l'on veut se faire une
juste idée du grand rôle accompli dans l'Inde par la
France, on en trouvera l'exacte expression dans la bouche
de nos rivaux eux-mêmes. Voici en effet, comment l'un
des plus éminents officiers anglais apprécie notre œuvre :

« Ce fut un homme d'État français qui, le premier,
osa songer à asservir le vaste empire du Mogol à une
volonté européenne ; ce fut encore un homme d'État

français qui conçut l'idée de conquérir l'Inde avec le concours des Hindous, d'armer, de discipliner, d'instruire les indigènes à la manière des soldats européens, créant ainsi le germe de cette armée cipaye devenue si fameuse. Ils étaient français ces soldats qui les premiers démontrèrent sur le champ de bataille la supériorité d'une poignée d'Européens disciplinés sur les hordes asiatiques dépourvues d'instruction. . . . . . . . . . . . . . . . . . . . . .

« Il faut admirer les grandes œuvres accomplies par la France sur le sol de l'Hindoustan, les conceptions puissantes, les actions héroïques, l'indomptable énergie de ses enfants. . . . . . . . . . . . . . . . . . . . . . .

« Bien des cœurs français doivent encore éprouver de justes regrets au souvenir de la perte d'un empire si vaste... mais quelle que soit l'amertume qu'ils en ressentent, elle doit être tempérée par un légitime orgueil à la pensée que c'est un enfant de la France qui osa le premier aspirer à cette domination, et que, si désormais les habitants de l'Hindoustan font partie de la grande famille européenne, c'est grâce à l'impulsion donnée par lui et que ses rivaux heureux n'ont fait que suivre. »

———

# DEUXIÈME PARTIE

# La France en Indo-Chine.

# CHAPITRE V

Pigneau de Behaine et l'empereur d'Annam Gia-Long. — Le traité
de 1787.

Chassée de l'Inde au xviii° siècle par les fautes de la
monarchie, la France devait, au xix° siècle, se reconstituer dans la plus orientale des trois grandes péninsules
de l'Asie méridionale un nouveau domaine colonial d'une
valeur presque égale à celle de l'empire indien perdu.

Il semblerait tout d'abord que le hasard a plus contribué qu'une politique nettement arrêtée à cette heureuse reconstitution. Il n'en est rien : la force expansive
de notre race suffit à expliquer l'évolution de cette œuvre
nouvelle.

Elle a passé par trois périodes successives :

Pendant la fin du xviii° siècle, elle a pour protagoniste,
en dehors du pouvoir royal indécis dans ses projets
comme dans son action tantôt favorable tantôt indiffé-

rente, un simple missionnaire, Pigneau de Behaine, évêque d'Adran, dont le patriotisme éclairé n'a d'égal que le libéralisme confessionnel. Il implante en Annam l'influence française et jette les premières assises du futur édifice dont la Révolution française va interrompre la construction.

Cinquante ans plus tard, la France se trouve entraînée, presque malgré elle, à reprendre en Orient son rôle historique, et se retrouve, pour ainsi dire par surprise, installée dans une de ces fortes positions mondiales qu'une puissance de premier ordre ne peut abandonner sans déroger et qu'elle doit même défendre par de nouvelles conquêtes territoriales. C'est ainsi que Napoléon III fut amené à faire de la Cochinchine une colonie française.

Enfin, dans la seconde moitié du xix<sup>e</sup> siècle, la III<sup>e</sup> République — entrant franchement, sous l'influence du grand Français que fut J. Ferry, dans la voie des conquêtes coloniales, destinées à assurer plus tard au pays une influence morale et des débouchés économiques indispensables — coordonne les résultats obtenus précédemment en Indo-Chine et entreprend résolument de reconstituer en Asie un grand empire colonial.

\*
\* \*

L'œuvre de l'évêque d'Adran est en Annam comme le

trait d'union qui relie l'histoire de notre ancien empire colonial à l'histoire de notre empire actuel.

Dès longtemps les missionnaires français avaient pris la route de l'Extrême-Orient. Quelques-uns s'étaient arrêtés en Indo-Chine et avaient réussi à catéchiser bon nombre des Annamites, maîtres alors de toute la péninsule. Une sorte de féodalité dominait sur ce pays; à sa

ENVIRONS DE TOURANE

tête était la dynastie suzeraine des N'guyen dont les tendances pacifiques s'étaient affirmées au lendemain même de leur usurpation. Les missionnaires européens avaient trouvé auprès d'eux un accueil tellement hospitalier, que la partie méridionale de la presqu'île fut, au xvii° siècle, érigée en vicariat apostolique.

A l'époque de Louis XVI, ces missions se développèrent prodigieusement, grâce à l'influence d'un prélat d'une grande intelligence et d'une remarquable souplesse diplomatique. « Pigneau de Béhaine, né en 1741, aux environs de Laon, appartenait à une famille riche et distinguée par ses alliances. Quoique pouvant aspirer aux grandes charges de l'État, il n'eut qu'un désir, qu'une ambition : porter la parole du Christ et propager la foi chrétienne dans les régions les plus reculées de l'Extrême-Orient. A peine âgé de vingt-quatre ans, il partit et débarqua à Cam-Cao, qui appartenait alors au royaume de Siam. Sa mission fut troublée par la guerre et les persécutions, et ce n'est qu'au prix des plus grands dangers qu'il pût ramener sains et saufs ses néophytes à Pondichéry. En récompense de son zèle apostolique, il fut sacré à Madras évêque d'Adran, titre qu'il a illustré et qu'il porta pendant un quart de siècle avec beaucoup d'éclat (1). » Rentré dans la suite au Siam il tenta de rétablir la mission de Cam-Cao ; n'ayant pu y réussir, il alla fixer sa résidence à l'endroit où s'élève aujourd'hui la ville de Saigon.

Mais bientôt de terribles révolutions vinrent menacer non seulement la prospérité de sa nouvelle œuvre, mais aussi la tranquilité de l'empire d'Annam. De sauvages montagnards venus de l'ouest, les Tayson, se jetèrent sur le pays, et les N'guyen, impuissants à les contenir, périrent aux côtés de l'empereur : seul, un jeune prince, N'guyen-Anh, put échapper au massacre et vint chercher un refuge près de Pigneau de Behaine.

(1) Gaffarel. *Histoire des Colonies Françaises.*

Le prélat comprit tout le parti qu'il pouvait un jour tirer de l'amitié de ce jeune homme dont les grandes qualités ne lui échappèrent point : il devint son ami et son conseiller, l'aida à reconquérir une partie du domaine de ses pères, et, grâce à lui, le petit N'guyen-Anh devint le puissant Gia-Long.

Malgré les succès remportés sur les Tayson, la situation de l'empire d'Annam était toujours des plus graves. Seul Gia-Long ne pouvait guère que se défendre des montagnards ; il résolut, pour rendre au pays ses anciennes frontières, de solliciter l'appui d'une puissance européenne, quitte à reconnaître les services reçus par la concession de quelques avantages territoriaux ou commerciaux. Il songea tout d'abord à s'adresser à l'Angleterre ou à la Hollande : l'intrusion de ces peuples protestants en Indo-Chine inquiéta fort de Behaine pour l'avenir de ses œuvres catholiques. Pour détourner ce danger, il promit à l'empereur l'appui de la France : il faisait fond pour tenir ses engagements sur ses grandes relations de famille et aussi sur l'intérêt que Louis XVI semblait manifester à la marine et aux expéditions de découvertes.

Espérant ainsi renouer la chaîne de nos anciennes traditions coloniales, il partit pour Versailles, emmenant avec lui son élève le prince Canh-Dzué, fils aîné de Gia-Long. L'empereur lui avait donné les instructions les

plus larges pour mener à bien sa mission. Il touche
d'abord à Pondichéry ; mais l'accueil qu'il trouve près du
gouverneur des établissements français est plus que
froid. Il rembarque presque aussitôt, et arrive à Versailles au commencement de 1787.

Louis XVI fit le meilleur accueil au prélat. Pris d'un
de ces enthousiasmes qui malheureusement n'avaient
que la durée d'un feu de paille, le roi entrevit de l'autre
côté du golfe de Bengale la reconstitution de notre
empire des Indes. Les négociations aboutirent, le
18 avril 1787, à la signature d'un traité d'alliance offensive et défensive entre la France et l'Annam. « Nous
acquiérions en toute souveraineté la baie de Tourane et
ses dépendances ainsi que l'île de Poulo-Condor. De
plus, nos vaisseaux étaient admis, sans payer de droits
d'entrée, à l'exclusion des autres marines européennes ;
nos négociants obtenaient le droit de libre circulation ;
la liberté du culte chrétien était garantie. De son côté
le roi de France s'engageait à seconder l'empereur dans
tous ses efforts pour entrer en possession de ses anciens
États et lui promettait un secours effectif de 10 frégates,
de 1.500 soldats, de 200 artilleurs et de canons en quantité suffisante.

Malgré l'insistance de Pigneau de Behaine les vaisseaux promis ne purent partir en même temps que lui.

Ils ne devaient mettre à la voile que six mois plus tard

et ne pas aller plus loin que Pondichéry. En effet, le commandement en avait été dévolu à un certain de Conway, gouverneur des établissements de l'Inde. Celui-ci, tombant dans le piège que lui avait tendu une intrigante à la solde de l'Angleterre, fit rentrer en France les vaisseaux mis au service de la cause de Gia-Long.

LA RIVIÈRE DE HUÉ

Pigneau de Behaine ne se décourage pourtant pas : il réalise toute sa fortune, frète de sa poche deux navires à Pondichéry, engage des officiers, des ingénieurs et des médecins qu'il présente à Gia-Long comme l'avant-garde des secours promis. Grâce au dévouement et à la science des collaborateurs du prélat, Chaigneau, Dayot, Barisy, Despiaux, etc..., l'armée de Gia-Long est organisée à l'européenne ; une flotte est construite et l'em-

percur se met en campagne contre les Tayson : il les
chasse de Saïgon et rentre triomphalement à Hué en
1796, après avoir brulé la flotte ennemie à Qui-Nhon. Peu
à peu il reconstitue l'ancien empire de ses pères, et se
sent même assez fort pour l'étendre vers le Nord. En
quelques mois, il conquiert la plaine du Tonkin et y ins-
talle de fortes garnisons pour prévenir un retour offensif
des Chinois.

Pigneau de Behaine et les français qui l'accompa-
gnaient furent chargés d'organiser ces conquêtes. Ils le
firent en alliés fidèles et en patriotes convaincus. Pour
peu que le gouvernement français eût montré quelque
souci de nos intérêts en Extrême-Orient, notre influence
pouvait pénétrer à la suite de l'évêque d'Adran et s'exercer sans rivales dans la péninsule Indo-Chinoise près
d'un siècle avant J. Ferry.

Or veut-on savoir tout ce qu'il advint en France des
courageux efforts faits par le prélat pour assurer au pays
un nouvel empire colonial? un changement de mode dans
la coiffure des dames de la cour ! Celles-ci s'étaient tellement engouées de Pigneau et de Canh-Dzué, son
élève, qu'en leur honneur elles avaient adopté la mode
du « peigne à la chinoise » !

Jusqu'en 1799, époque à laquelle il mourut, l'évêque
d'Adran resta l'ami et le confident de Gia-Long. L'empereur le pleura, lui fit faire des funérailles magnifiques ;

le prélat fut enterré dans le jardin qu'il cultivait lui-
même et on lui éleva le beau mausolée qui subsiste encore
près de Saïgon.

Quand plus tard (1818) la France essaya de nouer de
nouvelles relations avec l'Annam, Gia-Long se souvint
que le gouvernement de 1797 avait failli à ses engagements : il accueillit avec honneur les compatriotes de
Pigneau de Behaine, mais refusa de renouveler le traité.
Il semblait que tout lien était à jamais brisé entre la
France et les pays d'Indo-Chine.

# CHAPITRE VI

## LA FRANCE EN COCHINCHINE

Les persécutions en Annam. — La vengeance de Thien-tri. — Les deux prises de Tourane. — Occupation de Saïgon. — Les lignes de Kihoâ. — Défaite de Tu-Duc. — Le protectorat du Cambodge.

L'œuvre de Pigneau de Béhaine devait avoir cependant des conséquences inattendues. C'est à cette fragile tentative au pays des jaunes que se rattache, par une série quasi ininterrompue d'incidents en apparence peu importants par eux-mêmes, la conquête de notre vaste empire Indo-Chinois.

Loin d'accorder leurs faveurs aux Européens, les successeurs de Gia-Long avaient en effet ouvert, dès 1820, contre les disciples de l'évêque d'Adran une ère de persécutions, au cours de laquelle Mgr Gozlin, plusieurs missionnaires et de nombreux Annamites avaient été suppliciés. L'empereur Thien-tri, la dernière année de son règne, n'accueille les représentations des comman-

dants Lapierre et Rigaut de Genouilly que pour donner
à sa flotte le temps de se rallier dans la baie de Tourane
et d'entourer nos vaisseaux. Mauvais calcul : nos offi
ciers étaient sur leurs gardes. A peine la jonque amirale
a-t-elle donné le signal de l'attaque que de nos sabords
s'échappe un ouragan de feu : en trois bordées il n'y
restait plus rien de l'escadre annamite. Thien-tri tira
de cette défaite une vengeance éclatante : il fit habiller
d'uniformes français toute une armée de mannequins
que ses soldats fusillèrent courageusement jusqu'au
dernier !

Son fils Tu-Duc redouble de cruautés envers les
chrétiens : il paie 3.000 francs la tête d'un missionnaire.
Les massacres qui ensanglantent le pays obligent le
gouvernement français à intervenir. Napoléon III dépêche à la cour de Hué M. de Montigny, mais n'envoie
qu'un seul vaisseau de ligne, le *Catinat*, pour appuyer
ses revendications. Ce diplomate supporte personnellement avec la plus grande dignité une série d'affronts.
Une dernière insulte, faite cette fois au drapeau, met
le feu aux poudres ; le *Catinat* jette à terre ses compagnies de débarquement ; les forts de Tourane sont enlevés à la baïonnette, soixante-dix canons sont encloués,
les poudres noyées. Mais l'insuffisance de troupes nous
empêche de nous maintenir dans la place. Le sang
chrétien coule à flots dans tout l'Annam : l'assassinat de

deux évêques de nationalité espagnole met le comble à l'indignation de l'Europe. Napoléon III et Isabelle d'Espagne unissent leur désir de venger ces massacres, et une flotte franco-espagnole est confiée à l'amiral Rigaut de Genouilly.

Si les vaisseaux étaient en nombre suffisant pour une puissante action navale, le corps de débarquement était trop faible pour réduire à l'impuissance l'armée annamite. Le 1ᵉʳ septembre 1858, Tourane est occupée de nouveau après une canonnade de quelques heures qui met la garnison en fuite. Tu-Duc essaye en vain de la reprendre ; son armée, écrasée par les batteries de la place et celles des vaisseaux, s'enfuit sans reprendre haleine jusqu'à Hué. Mais l'amiral estime que la ville ne constitue pas un gage suffisamment sérieux et surtout une position assez sûre pour le petit corps d'occupation. Il en démantèle les fortifications, rembarque ses troupes que déjà les fièvres déciment, et va mouiller en face de Saïgon.

Saïgon est bâtie sur le Donnaï, un des bras du Mékong, dans le delta formé par ces deux grands fossés naturels qui constituent de solides défenses. Un des ingénieurs appelés autrefois par Gia-long en avait construit les fortifications, qu'une citadelle élevée en 1837 venait encore renforcer. Le 19 février 1859, cette capitale de l'Annam méridional tombe entre nos mains.

SUR LES BORDS DU MÉKONG

L'amiral Rigaut de Genouilly y laisse une garnison de sept cents hommes, marins et soldats, sous les ordres du capitaine Deriès et lève l'ancre pour rejoindre la flotte appelée à prendre part à l'action que nous venions de concerter avec l'Angleterre contre la Chine.

L'abandon de Tourane, le départ de la flotte enhardissent Tu-Duc. Il représente à ses mandarins et à ses officiers « que les Français aboient comme des chiens et fuient comme des chèvres ; que l'heure est venue de s'armer contre les Européens et de rejeter à l'eau les Barbares d'Occident ». Il met à la tête d'une armée de 40.000 hommes son meilleur général Nguyen-Tri-Phuong et lui ordonne d'aller reprendre Saïgon. Cette armée n'était pas à dédaigner : les Annamites, très différents de la plupart des Asiatiques, sont braves et endurants ; de farouches superstitions les rendent souvent redoutables. « Un de leurs chefs réputés par sa bravoure est-il tué ? ils se précipitent sur son cadavre, en ouvrent la poitrine, en arrachent le cœur et le dévorent tout palpitant. » L'éducation militaire donnée à nombre de leurs officiers par les Français en mission à la cour de Gia-Long avait en outre porté ses fruits ; un réel esprit militaire régnait parmi les troupes ; et, de nos jours encore, l'appoint fourni à notre armée coloniale par les troupes annamites lui est particulièrement précieux.

A la première nouvelle des préparatifs de Tu-Duc, le

capitaine Deriès se met sur la défensive. Jugeant trop
faibles les fortifications de Saïgon, il transforme en redoutes une série de pagodes échelonnées en avant de la
place, depuis la citadelle jusqu'au village de Caï-Maï.
L'entrain des hommes, obligés de travailler jour et nuit
sous un ciel de feu, sur un sol couvert d'herbes enla-
çantes et coupé de toutes parts d'arroyos boueux, fut
admirable ; tout était prêt quand parut l'avant-garde de
Nguyen-Tri-Phuong. Celui-ci, à la vue des préparatifs
faits pour le recevoir, comprit qu'il ne fallait pas songer
à enlever de vive force les positions françaises.

Au nord de Saïgon s'étend une vaste plaine, la plaine
des Tombeaux ; au milieu s'élevait le petit village de
Kihoâ. Nguyen le transforma en un vaste camp fortifié,
et, occupant toutes les routes qui conduisaient à Saïgon,
étendit de chaque côté deux lignes de redoutes et de
blockhaus qui enserraient comme en deux bras im-
menses la presqu'île de Saïgon. La mer seule nous
resta bientôt ouverte. Les mois succédaient aux mois ;
de temps en temps les Annamites s'avançaient avec mille
précautions pour voir si les défenseurs des pagodes
veillaient toujours, et chaque fois une salve d'artillerie
ou de mousqueterie prouvait aux assiégeants que la
petite garnison franco-espagnole mettait autant d'obstination à ne se point laisser surprendre qu'eux-mêmes à
maintenir le blocus... Enfin la guerre de Chine prit fin

et l'amiral Charner, commandant en chef dans les mers
d'Extrême-Orient, arriva à Saïgon, le 2 février 1861,
amenant avec lui un corps de 3.000 hommes. Le capitaine Deriez et le colonel Palonca y Guttierez furent
cités à l'ordre pour leur admirable défense ; un même
honneur enveloppa tous les soldats qu'ils comman-
daient pour l'esprit de discipline dont en dépit des fièvres
et des longues veilles ils n'avaient cessé de faire preuve.

L'action est bientôt énergiquement engagée contre
les Annamites : une habile manœuvre met l'armée de
Nguyen entre les redoutes garnies de canons de marine, une flottille de canonnières lancée sur le Donnaï
et le corps expéditionnaire. Le 21 février, trois colonnes
d'assaut s'élancent à découvert sur le derrière des
lignes de Kihoâ ; l'artillerie annamite qui fait de cruels
ravages dans leurs rangs, une quintuple rangée de
trappes dissimulées dans les herbes et garnies de
pointes de lances ne peuvent arrêter l'élan de nos soldats qui enlèvent à la baïonnette les positions ennemies, s'emparent de 150 canons, de 2.000 fusils et d'une
énorme quantité de munitions. L'absence de cavalerie
empêcha seule de transformer la retraite de Nguyen en
une déroute lamentable. Le généralissime des armées
de Tu-Duc se retira dans la direction de Mytho. L'amiral Charner allait bientôt le relancer dans cette région,
une des plus fertiles qui soient au monde. Le comman-

dant Bourdais arrivait sous les murs de Mytho quand un
boulet lui défonça la poitrine ; ses soldats le vengèrent
le lendemain en enlevant la place et en faisant un terrible carnage d'Annamites.

La saison des pluies et aussi l'épuisement des troupes
arrêtèrent les opérations. Tu-Duc mit à profit les quelques mois de répit qui s'écoulèrent jusqu'en décembre
pour réorganiser ses contingents dans un vaste camp
retranché établi sous le canon de Bien-Hoâ. L'amiral
Bonnard qui succède à l'amiral Charner, reçoit, le 15
décembre, un défi de l'empereur qui lui donne rendez-
vous dans la plaine de Bien-Hoâ ; cinq jours après l'armée française s'y rendait : elle alla même plus loin...
jusque dans la cour de la citadelle que Nguyen lui aban-
donna avec toute son artillerie et de nombreux prisonniers. Le vaincu assouvit sa colère en un effroyable
holocauste : tous les chrétens entassés dans les paillottes
d'un village furent brûlés vifs.

La victoire de Kihoâ nous donnait la province de
Saïgon ; celles de Mytho et de Bien-Hoâ étendaient
notre domination sur toutes ces préfectures ; la cruauté
de Nguyen compléta notre triomphe en nous amenant les
sympathies des populations terrifiées. Le 5 juin 1862, la
paix est signée. Tu-Duc, en outre de ces trois provinces, livre à la France l'île de Poulo-Condore et s'engage
à payer aux alliés une indemnité de 20 millions.

PAGODE COCHINCHINOISE

La France se trouvait en Cochinchine identiquement dans les mêmes conditions que, vingt-cinq ans auparavant, en Algérie. L'embarras de Napoléon III fut identique à celui de Charles X. Sans M. Duruy, nous abandonnions la Cochinchine dont la moitié nous appartenait déjà. L'amiral de la Grandière, dont l'administration demeure un modèle de prévoyance et de sévère économie, profite d'un retour offensif de Tu-Duc pour rendre définitif notre établissement dans le sud de la péninsule. Les populations de Vinh-Long, de Chaudoc et de Hatien nous aident à les débarrasser des bandes de leur vice-roi qui, mieux inspiré que son maître, n'oppose qu'une molle résistance à notre marche.

L'amiral n'avait pas attendu que le Cambodge, par esprit de solidarité asiatique, fît cause commune avec l'Annam. Dès 1863, des partis cambodgiens avaient fait des démonstrations armées sur la limite de nos territoires du nord-ouest. « Or entre des mains siamoises, le Cambodge ne pouvait être et n'était en effet qu'une barrière et un isolant empêchant tous les produits du Laos d'arriver à Saïgon, pour les rejeter sur Bangkok. Nous ne pouvions tolérer qu'une influence commerciale aussi contraire pût s'exercer à Pnom-Penh aux frontières mêmes de cette colonie. » Puis, n'appartenait-il pas à la France d'établir sa bienfaisante tutelle sur cette terre, où subsiste encore l'une des plus intenses

8

manifestations artistiques du genre humain, de se constituer la vigilante gardienne de ces merveilleux débris
que les jungles disputent à l'art et dont le Siam avait
déjà escamoté le plus beau joyau en prenant possession
de la plaine d'Angkor-Wat ? Le capitaine de frégate
Doudart de Lagrée est envoyé en mission à l'antique
cour des K'hmers, où règne le roi Norodom. Il lui dé-
montre qu'une étroite alliance avec la France sera sa
meilleure garantie contre les tentatives d'empiétement
du Siam sur la terre de ses aïeux : Norodom convaincu,
autant par l'argumentation que par le charme extraordinaire de notre ambassadeur, place son royaume sous
notre protectorat, le 11 août 1863.

La Cochinchine naissait à peine comme colonie française qu'un journal français le *Courrier de Saïgon* s'y
fondait et jugeait en ces termes l'œuvre accomplie.
« Cette conquête pacifique nous fait atteindre nos frontières naturelles, nous établit dans une forte position
destinée à dominer le golfe du Siam, nous constitue dans
les meilleures conditions de défense, et nous permet de
nous livrer, sans crainte d'être inquiétés par des voisins
turbulents, à toutes les améliorations nécessaires pour
développer les richesses et faire fructifier les germes de
fécondité inépuisables de son sol : nous ne serons plus
troublés dans cette tâche dont la réussite n'est pas
douteuse et promet avant peu à la France la possession

paisible et fructueuse de l'une des plus belles colonies
du monde. »

Et de même que la conquête du *Tell* nous devait conduire jusqu'au cœur du Sahara, celle de la Cochinchine
devait nous entraîner également au cœur de l'Empire
annamite, jusqu'au seuil du Céleste Empire dont il est
un des vestibules naturels.

# CHAPITRE VII

La mission Doudart de Lagrée. — Les débuts de Francis Garnier.
— Sur le Mékong et le Yan-Tsé-Kiang.

C'est Doudart de Lagrée et c'est Francis Garnier qui furent les glorieux éclaireurs de la longue route qui s'ouvrait devant nous.

Au lendemain de notre établissement définitif en Cochinchine, le gouvernement se préoccupa d'assurer le développement économique du pays, tâche rendue ingrate par l'immoralité des fonctionnaires annamites, des *phus* et des *huyens*, sortes de préfets et de sous-préfets, qui ne voyaient dans la charge qui leur était confiée par l'empereur qu'un moyen de s'enrichir. On les soumit au contrôle d'agents français recrutés de préférence parmi nos jeunes officiers de marine. Sans autre personnel qu'un secrétaire français et quelques interprètes indigènes, sans autre appui matériel que

celui des milices indigènes ces jeunes gens durent déjouer les complots, réprimer les révoltes, faire rentrer
l'impôt, exécuter les travaux d'utilité publique de première nécessité. Parmi ces fonctionnaires, improvisés
diplomates, financiers, ingénieurs, se distingua tout
particulièrement l'enseigne Francis Garnier. Né à Saint
Étienne, Garnier était entré tout jeune au Borda ; là il
s'était trouvé en communion d'idées avec plusieurs amis
sur la nécessité qui s'imposait à la France de rentrer à
nouveau dans cette politique coloniale intensive qui
convenait si bien à son tempérament. L'âme débordante
d'enthousiasme, l'esprit hanté de rêves grandioses, nos
jeunes gens, sentant dans l'Angleterre l'éternelle ennemie de notre expansion, allèrent jusqu'à former une
ligue que le gouvernement impérial ne songea pas à
dissoudre, mais à laquelle il ne songea pas non plus
à donner les 50.000 francs (sans plus !) qu'elle estimait
nécessaires pour écraser la perfide Albion.

Un séjour en Indo-Chine donna à Francis Garnier
plus de précision dans les idées, sans toutefois rien di-
minuer de son ardeur et de son esprit d'entreprise. En
1864, il publia un mémoire sur la Cochinchine qui fit
sensation aux Tuileries. Les amiraux Chasseloup-Laubat
et Rigaut de Genouilly, Victor Duruy lui-même, y pui-
sèrent plus d'un argument pour obtenir de Napoléon III
l'envoi d'une mission chargée de reconnaître le cours du

Mékong aussi loin que possible de son embouchure.
« D'où venait ce fleuve gigantesque ?... quelles régions
arrosait-il ?... à quelles populations donnait-il accès ?...
ne pouvait-il fournir à son tour une solution à ce problème géographique qui agitait si vivement les Indes

DOUDART DE LAGRÉE

anglaises, celui
d'une communi-
cation commer-
ciale entre l'Inde
et la Chine ? En
présence des im-
menses travaux
et des efforts in-
cessants accom-
plis par les An-
glais dans l'occi-
dent de la pé-
ninsule, il ne
convenait pas à
la France de res-
ter inactive ; elle devait à la science, à la civilisation
et à ses propres intérêts d'essayer de percer à son tour
le voile épais étendu depuis si longtemps sur le centre
de l'Indo-Chine. »

L'amiral La Grandière fut chargé d'organiser à Saïgon
la mission d'exploration du Mékong. Le commandement

en fut donné à Doudart de Lagrée : Francis Garnier, récemment promu lieutenant de vaisseau, fut choisi comme premier officier de la mission ; il devait plus spécialement étudier le fleuve au point de vue de son importance comme voie commerciale. Les docteurs Joubert et Thorel, l'enseigne Delaporte, et un jeune diplomate, M. de Carné, complétaient le personnel de la mission.

On quitta Saïgon, le 5 juin 1866, à bord d'un vapeur qui dut relâcher au Cambodge pour compléter ses approvisionnements. Doudart de Lagrée, attiré par le désir d'étudier de plus près les merveilleuses ruines d'Angkor, qu'il n'avait fait qu'entrevoir quelques années auparavant, mit à profit ce retard pour conduire ses compagnons à travers marais et jungles jusqu'à ces glorieux vestiges de la civilisation K'hmer. L'impression ressentie par les Européens à la vue de ces monuments d'une richesse architecturale incomparable fut immense : elle ne fit qu'accroître leur désir de pénétrer plus profondément au cœur de la plus vieille civilisation du monde.

Au retour d'Angkor, on reprit passage à bord du vapeur qui remonta jusqu'aux rapides de Kratié. Mais le peu de puissance de son hélice ne lui permit pas d'aller plus loin ; la mission lui dit adieu, et se confia aux pirogues du pays pour franchir ces rapides et ceux

du Sambor. Les cataractes de Khône présentaient un
obstacle autrement plus dangereux ; elles nécessitè-
rent le transbordement des passagers et de leurs bagages. Le 10 septembre, on arriva à Bassac. Là, il fallut
s'arrêter. En amont, le pays était en proie à une terrible
insurrection et il ne fallait point songer à s'y risquer
sans des passeports remis par le gouvernement chinois.
Garnier dut redescendre à Pnom-Penh pour en avoir
remise par l'intermédiaire du gouvernement cambod-
gien. Il profita de ce va-et-vient pour relever très exactement l'hydrographie du Mékong. Ses papiers étant en
règle, la mission arrive le 20 avril à Luang-Prabang, la
principale capitale des états laotiens. Doudart de Lagrée
tâta le souverain du lieu pour l'amener à reconnaître le
protectorat français. Le monarque parut ne rien comprendre aux propositions de Lagrée ; mais, flairant
quelque perfidie, il n'hésita pas à voir en lui un émissaire anglais. Aussi fit-il construire à ses hôtes de
légers abris sur une colline à quelque distance de la
ville, et les invita-t-il à attendre patiemment que le cé-
rémonial de la grande audience sollicitée fût minutieu-
sement établi. Il fallut attendre longtemps : puis aux
compliments et aux questions de Lagrée le roi ne
répondit que par de petits grognements monosyllabiques
qu'un interprète traduisait en longues phrases d'une
incohérence voulue. Ne pouvant avoir aucun renseigne-

LES RUINES D'ANGKOR

ment de Sa Majesté, nos Français s'adressèrent aux
mandarins et tâchèrent de leur tirer quelques indications sur la nature du pays, ses ressources, sa
population. Les mandarins bien stylés parlèrent du
soleil, de la lune, des étoiles, mais n'abordèrent inci-
demment la question intéressante que pour dissuader
la mission de pousser plus loin un voyage où le moins
qui pût arriver à chacun de ses membres fût d'avoir la
tête coupée.

Ce premier accueil ne découragea point nos voyageurs
qui résolurent de séjourner quelque temps dans le pays
et d'en étudier eux-mêmes les multiples caractères.
Entre temps, ils élèvent un mausolée à un Français,
l'infortuné Mouhot, qui le premier avait atteint Luang-
Prabang et y avait trouvé la mort. Petit à petit cependant les méfiances de la cour se dissipent; Garnier
s'attire les faveurs de la mère du roi en lui faisant don
d'une paire de lunettes, et le docteur Joubert se fait un
ami dévoué du roi lui-même... en lui raccommodant un
coucou détraqué que son malheur avait amené en ses
augustes mains. Ajoutez à cela que le même docteur
débarrasse plusieurs spécimens du beau sexe laotien de
leurs goitres, infirmité fréquente dans le pays. Il est
bon d'ajouter aussi que l'affection du roi, des mandarins et de l'aristocratie laotienne n'était point d'un absolu
désintéressement : une partie de la pacotille destinée au

voyage passa en cadeaux. Si, politiquement, Doudart de
Lagrée ne put obtenir aucun avantage considérable, du
moins put-il tout connaître de l'économie naturelle et
commerciale de la région. Mais au moment du départ
un gros chagrin fut réservé à nos intrépides savants.
Dans l'impossibilité de se procurer des porteurs, ils
durent abandonner les collections botaniques et géolo-
giques, les livres, les cartes, les instruments qui
n'étaient pas tout à fait indispensables. Le tout fut confié
à la garde du roi qui plus tard renvoya ce précieux dé-
pôt avec une scrupuleuse fidélité. La mission quitta
Luang-Prabang escortée d'une foule de fonctionnaires
et de jeunes femmes qui réclamaient un souvenir quelconque de leurs hôtes : les boutons dorés des uniformes,
les plus minces galons y passèrent.

La traversée du Laos Birman fut particulièrement
pénible : pendant cinquante jours les hardis pionniers
cheminent le long du fleuve à travers une région coupée
de rizières boueuses, de torrents débordés, de forêts
inextricables, sous la morsure cuisante des moustiques
et des sangsues qui couvrent leur corps de plaies, sous
l'étreinte des fièvres qui affolent leur cerveau. Les quelques domestiques loués à Luang-Prabang à un prix
exorbitant se sont esquivés dès la première étape ; les
derniers instruments, les derniers colis ont été abandonnés successivement ; à chaque gîte il faut endormir la

méfiance des chefs ou conjurer la malveillance des mandarins provinciaux. « Aussi, dit Garnier, ce fut avec une véritable joie que nous atteignîmes, le 10 octobre 1867, la frontière chinoise du sud-ouest qu'aucun

CHEFS DU LAOS

homme de race blanche n'avait encore passée, et que nous saluâmes Sémao, la première ville qui nous apparut. Après 18 mois de fatigues, après avoir traversé des régions vierges de toute civilisation, nous nous trou-

vions devant une cité, représentation vivante de la plus
vieille civilisation de l'Orient. »

Malheureusement, la province de Yunnam où ils
venaient d'entrer était alors bouleversée par la révolte
des populations musulmanes. A poursuivre la marche
vers le nord, on risquait de se trouver pris entre les
partis en lutte. Lagrée résolut d'abandonner la voie du
Haut Mékong dont apparaissait le peu de valeur comme
route économique et de se porter vers l'est. Le 20 novembre, la mission atteignit Souenkiang, gros marché
situé sur le haut Song-Coï; elle s'y procura une embarcation, arbora le drapeau tricolore, et Garnier, chargé
de pousser une pointe vers le sud, revint au bout de
quelques jours après avoir reconnu la région de Mang-
Hao et s'être assuré qu'à partir de ce point le grand fleuve
tonkinois était navigable jusqu'à son embouchure. Cette
constatation devait singulièrement influer sur les destinées de l'intrépide marin et le ramener quelques années
plus tard vers cette terre du Tonkin où lui était réservée
une mort aussi terrible que glorieuse.

« La mission, dit M. Wahl, reprit alors la route du
Yunnam à travers un pays désolé par la guerre, semé
de ruines et de cadavres. Malgré l'état d'épuisement
auquel il se trouvait déjà réduit, Doudart de Lagrée
décida de marcher vers l'ouest au lieu de gagner le
Yan-Tsé-Kiang qui l'aurait ramené au Pacifique, à tra-

vers la plaine chinoise : il voulait étudier plus à fond
encore le Yunnam intérieur. Mais ses forces le trahirent,
et, terrassé par la maladie, il fut contraint de s'arrêter.
L'expédition se divisa alors en deux groupes ; Garnier,
avec ceux de ses camarades qui pouvaient encore marcher, s'aventura au cœur du pays insurgé jusqu'à Taly.
Là, il se présenta, en son triste équipage, au chef des
rebelles qui avait pris le titre de sultan. Celui-ci malgré
l'attitude décidée de Garnier, ne put se résoudre à voir
en lui le représentant d'une puissante nation ; il lui
intima l'ordre de quitter le pays, le menaçant de mort
s'il ne partait pas sur le champ. Garnier, qui n'avait pour
toute défense que son revolver et les fusils des quatre
Annamites qui l'avaient suivi jusque-là, sut en imposer
aux barbares par la dignité de son attitude et opéra fièrement sa retraite. Il réussit ainsi à atteindre Tong-Tchouen
où il espérait embrasser son cher Doudart de Lagrée.
Depuis trois semaines, hélas ! celui-ci n'était plus : les
fatigues inouïes qu'il avait endurées avaient eu raison
de son mâle courage. »

Garnier ne voulut pas abandonner en terre chinoise
les restes de son supérieur et ami ; il les fit exhumer et
transporter avec lui à bras d'hommes jusqu'à un affluent
du Yang-Tsé-Kiang sur lequel la mission s'embarqua.
A Hang-Kéou, elle prit passage sur un steamer qui la
transporta à Changaï. Le 28 juin 1868, elle rentrait à

Saïgon, après une absence de plus de deux ans, « ayant traversé l'Indo-Chine du sud au nord, la Chine de l'ouest à l'est, parcouru plus de 10.000 kilomètres à pied ou en pirogue, visité des pays que la géographie ignorait, découvert des peuples inconnus. » Ce terrible voyage, un des plus audacieux du siècle, devait encore coûter la vie au jeune Louis de Carné qui, avec une véritable prescience de l'avenir, écrivait ces lignes peu de temps avant sa mort :

« La Chine se décompose au souffle des idées européennes. Cet empire, le plus vieux qui soit sous le soleil, tombe à son tour en ruines; son heure est proche... Les progrès de la Russie vers le Nord, la forte position prise par l'Angleterre du côté de l'Occident, les arrière-pensées entretenues par d'autres puissances, la force des choses, en un mot, et la faiblesse même des Chinois permettent d'entrevoir le démembrement de l'antique édifice dont Johi jeta les bases, il y a quelques milliers d'années. En présence d'une pareille éventualité la France doit être prête; son rôle est tracé par la position même qu'elle occupe dans la péninsule annamite; il est absolument nécessaire qu'elle exerce une influence prépondérente au Tonkin qui est pour elle la clef de la Chine.

# CHAPITRE VIII

I

Dupuis. — Francis Garnier s'empare d'Hanoï. — Sa mort. — Le commandant Rivière. — Le combat de Thuan-An. — L'Annam s'humilie.

La guerre de 1870-1871 n'eut qu'un faible contre-coup en Indo-Chine. Au Cambodge, l'agitation entretenue par Pacombo — cet ancien forgeron qui s'était fait moine, puis chef de bande — fut étouffée par les indigènes eux-mêmes; ils attirent le prophète jaune dans une embuscade, lui coupent la tête, la salent et l'envoient au roi Norodom. Ce prince, en retour de l'appui que nous lui prêtons contre son frère Votha, signe même un nouveau traité de protectorat qui met plus complètement le Cambodge sous notre dépendance. La cour de Hué essaie bien de profiter de nos désastres pour rentrer en possession des provinces de la basse Cochinchine; mais la solide organisation dont l'amiral de la Grandière a doté

9

la colonie fait échec à la diplomatie de Tu-Duc. L'empereur d'Annam se contente d'aiguiser sous main l'hostilité des populations tonkinoises aussi bien contre la Chine, sa suzeraine, que contre les quelques Français qui, devançant l'heure, essaient de se frayer par la vallée du Song-Coï une route commerciale vers l'Empire du Milieu.

L'un de ces derniers, M. Dupuis, homme d'une étonnante initiative et d'une rare endurance, s'était engagé à fournir d'armes les troupes chinoises envoyées contre les musulmans du Yunnam. Il embarque ses caisses à Hanoï sur quelques jonques, et, malgré les obstacles semés sur sa route par les mandarins annamites, réussit à gagner Mang-Hao. Mais le mauvais vouloir des fonctionnaires de Tu-Duc se change bientôt en hostilité ouverte : Dupuis ne s'en émeut pas autrement; il arme de chassepots quatre cents aventuriers chinois et fait dans les rangs annamites une trouée sanglante par laquelle passe son second convoi. Tu-Duc, exaspéré d'une pareille audace, envoie contre l'intrépide commerçant toute une armée, commandée par notre vieil ennemi Nguyen-Tri-Phuong. Le maréchal arrive à Hanoï et fait afficher en grande pompe une menaçante proclamation : Dupuis, annonce-t-elle, sera coupé en petits morceaux avec tous les siens, s'ils ne quittent sans retard le Tonkin. A cette nouvelle Dupuis se rend sur la place d'Hanoï,

s'ouvre avec la canne en rotin qui constitue sa seule
arme un passage au milieu de la canaille, décroche la
proclamation, et
s'en sert pour al-
lumer une ciga-
rette. Puis, à la
tête de sa compa-
gnie franche, il
va s'installer dans
un des forts de la
ville après avoir
chassé la garni-
son. Nguyen, qui
n'ose aller l'y
chercher... pour
le couper en mor-
ceaux, se con-
tente d'envoyer
un émissaire à l'a-
miral Duperré,
commandant en
chef des troupes
françaises à Saï-
gon, et le somme

MANDARIN ANNAMITE

de rappeler sur le champ son insolent compatriote.

L'occasion d'intervenir au Tonkin était trop belle

pour que l'amiral la laissât échapper. Le ministère lui
a bien prescrit « d'éviter toute affaire »; mais il comprend que « l'occupation immédiate d'un point du delta
est une question de vie ou de mort pour notre domination en Indo-Chine ». Aussi n'hésite-t-il pas à solliciter
par dépêche le concours de l'homme qui connaît le mieux
le pays, de Francis Garnier.

Celui-ci s'était, peu de temps auparavant, fixé à Changaï avec sa jeune femme, luttant contre toutes sortes
de difficultés personnelles. Sans perdre une minute, il
arrive à Saïgon, accepte avec enthousiasme la belle mission qui lui est offerte d'implanter l'influence française
dans la vallée du Song-Coï, retourne embrasser sa
femme et sa fillette et revient par le premier bateau se
mettre à la disposition de Duperré. « Ma petite expédition est prête, écrit-il le 8 octobre 1873 : j'ai six petites
canonnières et 175 hommes bien décidés ; je pars samedi.
Comme instructions... carte blanche : l'amiral s'en rap-
porte à moi. En avant donc pour cette vieille France! »

Garnier n'est pas plus tôt arrivé à Hanoï qu'il se heurte
à l'impertinent dédain de Nguyen : le vieux maréchal ne
veut voir en lui qu'une sorte de gendarme chargé de
mettre Dupuis à la raison. Mais Garnier lui fait savoir
qu'il ne quittera pas le pays avant d'avoir définitivement
réglé la question du commerce français sur le Fleuve
Rouge. Le représentant de Tu-Duc pousse les hauts cris

HABITATION ANNAMITE

et affirme avec le plus grand sérieux qu'une semblable
conversation ne saurait être utilement entamée « avant
que le gouvernement annamite ait réussi à détruire jusque dans ses racines la piraterie indigène sur terre et
sur mer ». En même temps les environs de la ville se
garnissent de troupes ; la populace s'ameute contre nos
soldats ; l'attitude du maréchal devient plus arrogante :
il interdit aux habitants de nous vendre quoi que ce soit.
Garnier, qui connaît à merveille son monde chinois, sent
que l'orage approche. « Il n'y a plus qu'un coup d'éclat
dit-il, qui puisse contrebalancer les effets des menées
annamites et rétablir mon autorité qu'a bien ébranlée
la faiblesse de mon escorte. » Le 19 novembre, à midi,
il somme le gouverneur d'Hanoï de retirer le canon de la
citadelle, ordonne aux gouverneurs des provinces de se
conformer à ses arrêtés, et déclare que, s'il le faut, ses
canonnières ouvriront de force aux bateaux de Dupuis
la route du Fleuve Rouge. Dans la nuit, arrive l'aviso le
*Decrès* qui met à terre une compagnie de débarquement ;
Dupuis, de son côté, rallie avec ses 400 irréguliers.

Garnier attend inutilement jusqu'au lever du jour que
le général de Tu-Duc daigne lui envoyer une réponse.
A cinq heures et demie du matin, le clairon français
sonne la formation en colonne d'attaque ; l'assaut est
donné à la citadelle où sont entassés 7000 annamites ;
à sept heures du matin tout était fini ; une partie de la

garnison s'enfuyait par les portes du nord, le reste tombait entre nos mains… Le vieux Nguyen fut relevé l'épine dorsale brisée par une balle.

Hanoï était à nous ; la conquête du Tonkin commençait. Or Garnier avait en tout 700 hommes pour la mener à bien ! D'autres auraient tremblé de tenter pareille aventure ; lui point. « Ce fut, dit M. Wahl, une campagne prodigieuse qui rappelle, avec la férocité en moins, les fantastiques prouesses des conquistadores espagnols. L'enseigne Balny d'Avricourt, avec le docteur Harmand, le sous-lieutenant de Trentinian et une poignée de soldats et de marins vont se saisir de Phu-Ly, au débouché des routes de l'Annam, emportent d'assaut la grande ville de Haï-Dzuong ; sur la frontière sud-ouest, l'aspirant Hautefeuille, n'ayant que son canot à vapeur et ses huit marins, enlève Ninh-Binh gardée par 1.700 soldats. Garnier prend à l'escalade Nam-Dinh, la dernière place forte entre Hanoï et la mer. Des proclamations partout répandues promettent la paix, l'ordre, l'abondance ; les gouverneurs hostiles sont remplacés ; une organisation s'improvise. Partout les Français sont acceptés comme les nouveaux maîtres du pays ; des miliciens et des volontaires indigènes viennent combattre à leurs côtés. Vingt jours après l'ouverture des hostilités, toute la plaine du Delta nous obéissait. »

Tu-Duc consterné cherche le salut de sa dynastie dans

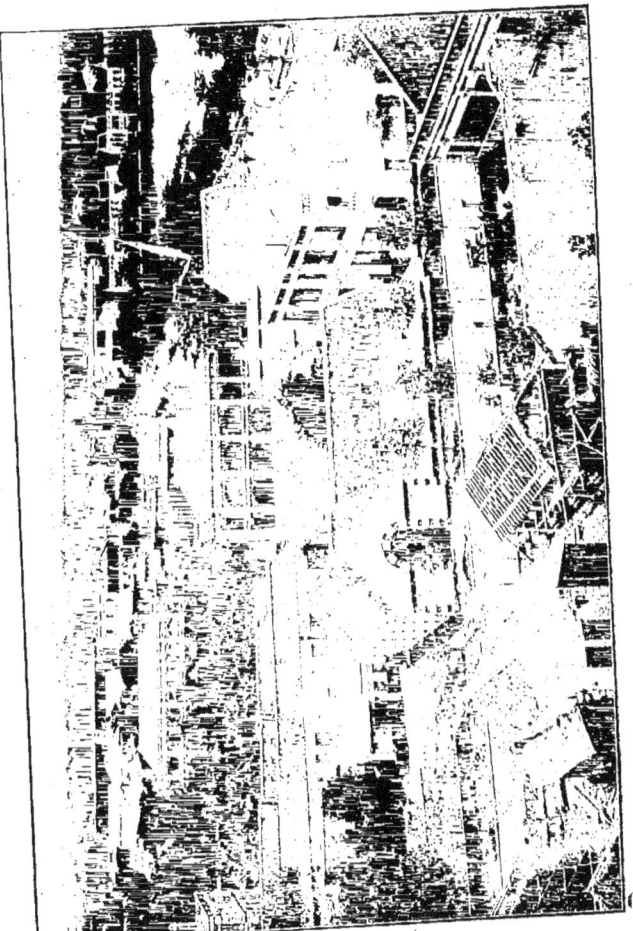

HANOI

son instinctive rouerie : il envoie d'une part des négociateurs à Saïgon et à Hanoï ; d'autre part il sollicite les bons offices d'un certain bandit du nom de Lû-Vinh-Phuoc qui traîne à sa suite, sous sa bannière noire, de féroces bandes de Taïpings, anciens rebelles chinois, pirates de rivières, détrousseurs de chemins, auxquels nos soldats donnent bientôt le nom de Pavillons-Noirs.

Le 21 décembre, F. Garnier donnait audience dans la citadelle d'Hanoï aux émissaires de Tu-Duc et arrêtait avec eux les préliminaires d'un traité, quand des coups de feu éclatent aux avant-postes. Il s'élance vers les remparts en même temps qu'un petit groupe de marins et aperçoit, à quelque cents mètres de l'enceinte, des masses d'Annamites et de Pavillons-Noirs qui se défilent le long des jardins. Trois pièces leur envoient leurs obus à mitraille ; une douzaine d'ennemis reste sur le carreau ; le reste s'éparpille de tous côtés. Ignorant le nombre des assaillants, Garnier donne l'ordre à Balny d'Avricourt, qui vient de réunir 10 marins et une quarantaine de tirailleurs, de se lancer à la poursuite des Annamites du côté de Phu-Hoa, tandis que lui-même, à la tête de 18 français et d'une douzaine d'indigènes, se jette sur la route de Phu-Lé. Ses hommes traînent à l'aide d'une prolonge une petite pièce de 4 et son caisson. Soudain Garnier voit la compagnie de Balny se rabattre précipitamment de son côté. « Nous sommes cernés, mon commandant, dit le jeune homme ; ils sont autour de nous plus de 3 000 ! » — « On en démolira davantage ! » riposte gaîment Garnier ; et lui-même pointe méthodiquement le canon sur des huttes d'où sort une violente

FRANCIS GARNIER

fusillade. « En avant... à la baïonnette ! » crie-t-il à ses hommes ; et, sans s'apercevoir qu'il ne lui reste que trois compagnons, il se jette tête baissée sur le village. De ces trois hommes l'un tombe mort, l'autre mortellement blessé, le troisième échappe.

Lui-même glisse dans un fossé ; les Annamites cessant le feu l'entourent de toutes parts ; Balny entend les détonations de son revolver et tombe lui aussi près de la pièce de canon qu'il essaie de recharger... Quand, une demi-heure plus tard, une colonne de secours arriva sur le terrain du combat, elle se trouva en présence d'un horrible spectacle: Garnier et Balny gisaient décapités, horriblement mutilés ; de leur poitrine ouverte le cœur avait été arraché ; les barbares avaient dévoré ce viscère... pour se donner du courage !

Au lieu de venger immédiatement cet odieux guet-apens, le cabinet présidé par M. de Broglie donne l'ordre à son envoyé M. Philastre de ne point engager plus à fond la France au Tonkin, de rappeler le lieutenant de Trentinian qui tient toujours à Haï-Dzuong, de ramener nos troupes à Hanoï et de conclure un armistice. Quelque temps après fut signé le traité de Saïgon (6 février 1874): la souveraineté du roi d'Annam sur le Tonkin était reconnue ainsi que son entière indépendance vis-à-vis de toute puissance étrangère quelle qu'elle fût; mais Tu-Duc devait conformer sa politique extérieure à celle de la France, ouvrir le Fleuve Rouge au commerce français et lui consentir un traitement de faveur. L'empereur demandait en outre, à titre de cadeau, 5 bateaux à vapeur, 100 canons, 1000 fusils à tabatière ; on les lui donna. Ce traité fut une faute à tous les points de vue. « A ce moment, avec 3000 hommes et 3 millions nous pouvions venger Garnier et devenir maîtres du Tonkin. Cette conquête devait, dix ans plus tard, nous coûter 30 000 hommes et 333 millions. »

## II

Les Pavillons-Noirs. — L'amiral Courbet. — Prise de Sontay. —
Dans la baie d'Along. — Le traité de Tien-Tsin et le guet-apens de
Bac-Lé. — Le protectorat du Cambodge. — Intervention armée
de la Chine. — Prise de Kélung. — Destruction de la flotte chinoise.
à Foutchéou. — L'escadre à Sheï-Poo. — Le blocus du riz. — Défense héroïque de Tuyen-Quan. — A la Porte de Chine. — L'affaire
de Lang-son. — La paix de Tien-Tsin. — Mort de l'amiral Courbet.

Un gros danger ultérieur se cachait, en effet, sous
l'engagement que nous contractions de soutenir l'Annam
le jour où il entrerait en conflit avec une autre puissance.
Il n'échappa point à M. le Myre de Vilers, premier gouverneur civil de la Cochinchine, qui fit l'impossible pour
rétablir le calme dans le Delta et y asseoir pacifique-
ment notre influence. Pendant huit ans, il lutte à la cour
de Hué contre les intrigues du Tsong-Li-Yamen qui
nous reproche d'avoir méconnu les vieux liens de suzeraineté de la Chine sur l'Annam; des bandes de Pavillons-
Noirs mêlés de réguliers Chinois dévastent le Delta ; la
situation devient intenable. M. de Vilers écrit une lettre
énergique à Tu-Duc et dépêche à Hanoï le commandant

Rivière, lui enjoignant de faire respecter nos droits, mais de n'avoir recours à la force qu'à la dernière extrémité. Quand Rivière arrive à Hanoï il se heurte non seulement à la malveillance des autorités, mais à la fureur de la populace, si indifférente pourtant d'habitude en Extrême-Orient pour tout ce qui peut bien arriver aux soldats chargés de la protéger... en théorie. Rivière, ne sentant pas son escorte en sûreté, demande l'appui de la division navale ; 450 hommes d'infanterie de marine, 150 marins et 7 canons renforcent sa garde ; 3 canonnières détachées de l'escadre viennent mouiller dans le fleuve. Enfin le Tong-Doc qui commande la place se livre à une démonstration armée à laquelle Rivière répond en le sommant d'avoir à lui remettre la citadelle dans les vingt-quatre heures.

Dans la nuit du 24 avril 1882, un mouvement extraordinaire de troupes, les clameurs des indigènes, quelques coups de feu isolés tirés sur nos bateaux ne laissent aucun doute sur les intentions du Tong-Doc. Aussi, le 25 au matin, nos canonnières commencent-elles à battre le côté nord de la citadelle, tandis que toutes nos troupes débarquent. En quelques heures les fortifications annamites s'écroulent ; la colonne d'assaut s'empare de la citadelle et, prenant la garnison entre ses fusils et les canons de la flottille, couvre en quelques instants le terrain d'un millier de cadavres. Cette victoire ne nous coûtait que quatre blessés. Le Tong-Doc vaincu s'était enfermé dans son palais et ouvert la gorge d'un coup de sabre.

Deux jours après, nos canonnières sont devant Nam-Dinh ; tandis que le colonel Carreau met en position une batterie de campagne, un biscaïen le renverse mortellement blessé. Le commandant Badens lance ses braves marsouins sur une redoute qui commande la porte principale de la ville : tout y est tué. A ce moment, un sergent et trois hommes, le fusil en bandoulière, la cigarette aux lèvres, s'avancent sous une grêle de balles jusqu'à la porte, la défoncent avec une cartouche de dynamite et s'élancent bravement à travers les débris des poutres hachées par l'explosion : les Annamites s'enfuient de toutes parts ; parmi les morts on trouva plusieurs réguliers Chinois.

Cet acte de vigueur oblige le Tsong-Li-Yamen à démasquer ses intrigues. Par l'intermédiaire du marquis de Tseng il informe notre ministère des affaires étrangères « qu'il entend rester seul chargé de rétablir l'ordre dans ses provinces vassales du Delta. » M. de Freycinet répond énergiquement à l'ambassadeur Chinois « qu'à partir de ce jour nous ne laisserons, pas plus à Pékin qu'à Paris, la Chine s'ingérer dans les affaires d'Annam. » Tandis que de nouveaux pourparlers s'engagent, un cruel événement survient à Hanoï.

Le commandant Rivière, serré de toutes parts par les

Pavillons-Noirs et les Annamites qui ont failli, dans la nuit du 17 mai, surprendre nos troupes dans la pagode royale d'Hanoï, a décidé de faire une sortie dans la direction de Phu-Hoï pour se donner de l'air. « Dans la nuit du 19, deux compagnies d'infanterie de marine, les marins de la *Victorieuse*, du *Villars*, du *Léopard* et trois pièces de campagne quittent Hanoï sous le commandement direct du chef de bataillon Berthe de Villers, Rivière accompagnait la colonne. L'action com-

LE COMMANDANT RIVIÈRE

mence vers six heures du matin, près du marché de Can-Giay et nos soldats enlèvent le Pont-de-papier jeté sur un arroyo qui coupe la route de Sontay. Notre artillerie ouvre le feu contre les positions ennemies et nos troupes se déploient, repoussant les Pavillons-Noirs. A ce moment

Berthe de Villers tombe atteint des blessures qui devaient
l'emporter. Rivière prend le commandement direct de la
colonne ; malheureusement l'ennemi très supérieur en
nombre déborde peu à peu notre aile droite et fait tous ses
efforts pour reprendre le Pont-de-papier et nous couper
d'Hanoï. Ordre est donné aux marins de la *Victorieuse*
de rétrograder. La retraite commence sous un feu d'une
extrême intensité. Le lieutenant d'infanterie de marine
Héral de Brisis est tué avec plusieurs de ses hommes ;
les lieutenants de vaisseau Marolles et Clerc sont blessés.
Bientôt le canon qui soutient la compagnie du *Villars*
est compromis et tombe dans la rivière. Aidé de l'aspirant Moulin, du capitaine Jacquin et de quelques hommes,
Rivière se précipite à l'eau pour relever la pièce et l'arracher à l'ennemi. Mais de toutes parts surgissent des
masses chinoises ; elles isolent bientôt l'héroïque petit
groupe et massacrent les officiers sur la pièce. M. de
Marolles, chef d'état-major, qui se traîne péniblement,
réussit à rallier une compagnie et se jette à sa tête sur
les Annamites ; il parvient à leur arracher le canon sans
pouvoir emporter les cadavres mutilés des officiers. La
retraite continua cependant et fut des plus meurtrières.
Nos derniers soldats ne rentrèrent dans la concession
française qu'à neuf heures et demie du matin, suivis à
petite distance par toute une armée des Pavillons-Noirs.
Cette néfaste journée nous coûtait, outre le commandant

Rivière, trente morts et cinquante-cinq blessés (1). »

Le gouvernement français n'hésite plus. Le général Boüet reçoit des renforts de la métropole et de la Nouvelle-Calédonie et doit diriger énergiquement les opérations, tandis que la direction politique et administrative est confiée à M. Harmand. D'autre part l'amiral Courbet est chargé de frapper un coup décisif à Hué. Le vieux Tu-Duc meurt à temps pour ne pas voir l'écroulement de sa puissance.

Le 16 août, l'amiral Courbet qui a concentré ses vaisseaux dans l'admirable baie d'Along (la baie des Mille-îles) arrive en vue de Thuan-An, à l'embouchure de la rivière de Hué, avec le *Bayard*, l'*Atalante*, le *Château-Renaud*, l'*Annamite*, le *Drac*, la *Vipère* et le *Lynx*. Le 18, l'escadre ouvre le feu sur les ouvrages ennemis. Le 19, la houle empêche l'amiral de débarquer ses hommes : « La journée se passe à agacer à coups de hotchkiss les sampans chargés de soldats qui passent d'une rive à l'autre, et les gros canons restent silencieux. Les Annamites s'imaginant que nous n'avons plus de poudre, ouvrent un feu violent auquel répond une formidable décharge de tous nos vaisseaux : un obus du *Bayard* fait sauter le fort du nord qui écrase sous ses ruines ses cinq cents défenseurs. » Le 20, au petit jour, Courbet fait débarquer les compagnies du *Bayard*, de l'*Atalante* et du

(1) Compte-rendu officiel.

*Château-Renaud* ; nos soldats entonnent *la Marseillaise*
et se jettent à l'eau en arrivant près de la plage, tandis que
les obus de la flotte enlèvent aux Annamites toute vel-
léité de s'opposer au débarquement: « Tout le monde,
raconte Pierre Loti, était arrivé au complet sur le sable,
malgré les balles et la pluie de bombettes que des gens
invisibles, cachés derrière les dunes, lançaient d'en haut.
Vite, on avait commencé à monter et à courir en gardant un silence de mort. Et puis, tout à coup, dans une
ligne de tranchées merveilleusement établie qui semblait
entourer toute la presqu'île, on avait trouvé des gens
qui guettaient, tapis comme des rats, sournois dans
leurs trous de sable ; on les avait presque tous tués là,
sur place, au milieu de leur effarement, à coups de baïonnettes. » A ce moment l'artillerie des forts essaie inutilement de repousser les attaques des marins de l'*Atalante*. Les soldats du *Bayard* se lancent sur la citadelle ;
à huit heures ils reçoivent le soutien des dernières troupes de débarquement jetées à terre par l'amiral. « Rien
ne peut arrêter leur élan ; en vain les Annamites se
défendent avec bravoure. Mais, heureusement pour nous,
ils n'ont pu lever le pont-levis. Une cartouche de fulmi-
coton placée par les marins-torpilleurs fait sauter la
porte d'entrée, et, à neuf heures, le lieutenant de vaisseau Gourdon et l'enseigne Oliviéri pénètrent les premiers dans le fort. Cinq minutes après, le pavillon trico-

LA CITADELLE D'HANOÏ (ESCALIER DES DRAGONS)

lore remplaçait au sommet des fortifications le grand
étendard jaune de l'Annam. Les Annamites, pris d'une
folle panique, fuyaient au milieu d'une bousculade insen-
sée, se jetant par-dessus les murs, se précipitant dans

DANS LA BAIE D'ALONG

la rivière et abandonnant morts et blessés par centaines. »

Pendant que l'escadre de Courbet infligeait cette
cruelle leçon à la capitale annamite et rentrait à Along
surveiller les allées et venues suspectes de navires chinois, le général Boüet s'emparait d'Haï-Dzuong où il
trouvait 150 canons et un énorme matériel de guerre.

Cette victoire compensait un léger échec subi trois jours avant sur la route de Sontay. Puis, quinze jours après, il donne aux contigents annamites récemment organisés l'occasion de recevoir à Phu-ong un glorieux baptême du feu. Le redoutable chef des Pavillons-Noirs, Lu-Vinh-Phuoc (le vieux phoque, comme l'appelaient plaisamment nos marsouins) se replie en désordre sur la route de Son-Tay.

La cour de Hué n'attend pas davantage pour signer le traité du 25 août 1883 : l'Annam et le Tonkin sont étroitement placés sous notre protectorat; la province de Binh-Thuan est annexée à la Cochinchine ; un résident de France est installé à Hué pour contrôler les actes du roi; l'administration des douanes est remise entre nos mains.

L'Annam était vaincu. C'est à ce moment que la Chine entre ouvertement en scène. Ses réguliers vont grossir les rangs des mandarins annamites qui ont fait cause commune avec les Pavillons-Noirs : l'ennemi occupe solidement les régions de Sontay, de Bac-Ninh et de Hong-Hoa et pousse ses colonnes jusqu'à Haï-Dzuong où le capitaine Bertin leur inflige de graves pertes.

En face de cette complication, l'amiral Courbet est chargé du commandement du corps d'occupation que des renforts successifs envoyés de France portent au chiffre de 9 000 hommes. L'amiral décide en décembre d'enlever à Vinh-Phuoc Sontay, sa base d'opération. L'expédition forte de 6 000 hommes se divise en deux colonnes. Le colonel Belin occupe la gauche avec les tirailleurs algériens, la légion étrangère, les auxiliaires annamites et tonkinois, un bataillon d'infanterie de marine et trois batteries d'artillerie de campagne ; le colonel Bichot prend la droite avec l'infanterie de marine, les tirailleurs annamites et quatre batteries ; la flottille des canonnières remonte le fleuve dont elle est chargée de balayer les rives, en se tenant à la hauteur des deux colonnes. La digue de Phu-Sa constituait la clef des positions ennemies. L'aile gauche avec le chef de bataillon Dulieu se contente pendant toute la journée du 15 de contenir les masses ennemies que Vinh-Phuoc a fort habilement disposées du côté de la ville. Les tirailleurs algériens du commandant Jouneau viennent se masser derrière des taillis de bambous et de roseaux, à 400 mètres de la digue dont les canonnières ont débusqué les artilleurs chinois. Le colonel Belin a toutes les peines du monde à contenir leur ardeur, pendant que la flottille et trois batteries couvrent l'ouvrage de leurs obus pour préparer l'assaut ; sur leurs vives instances il est obligé de demander au commandant en chef l'ordre de charger. Les arabes s'élancent avec une furie sans égale ; mais ils sont obligés de s'y reprendre à deux fois pour enlever une barricade derrière laquelle l'ennemi se défend avec un désespoir héroïque.

La nuit arrive. Le colonel Bichot l'emploie à ravitailler en munitions nos soldats qui couchent sur les

HUTTE INDIGÈNE SOUS UN BANIAN

positions conquises. Le 16, à la pointe du jour, l'amiral fait avec son état-major une audacieuse reconnaissance jusque sous les murs de la place et arrête le plan d'attaque : une partie des troupes doit faire une feinte

dans la direction de la porte septentrionale de la citadelle, tandis que le reste tentera l'assaut du côté de
l'ouest.

« Vers 10 heures du matin, dit le rapport officiel, le
commandant Dulieu avec ses légionnaires s'est établi
au hameau de Ha-Tray, dans des maisons situées à environ 300 mètres de la porte ouest ; et, pendant toute
la journée soutenu par les fusiliers marins, a gagné
incessamment du terrain. A 5 heures, nos premières
lignes de tirailleurs n'étaient plus qu'à 100 mètres du
fossé ; l'amiral commande l'assaut ; l'artillerie cesse son
feu. Un silence poignant de quelques minutes s'établit
comme par enchantement sur toute la ligne ; le clairon
sonne la charge. La légion étrangère s'élance au pas
gymnastique vers la porte murée ; les marins courent
vers la poterne de droite ; l'infanterie de marine reste
en réserve avec 3 compagnies de tirailleurs algériens
que le colonel Bichot a autant de peine à retenir qu'en
a eu la veille son collègue à contenir leurs camarades.
Malgré un feu d'enfer, malgré les obstacles accumulés,
le soldat Minnaert de la légion étrangère, le quartier-
maître Le Guirizec des fusiliers marins et le caporal
Mouziaux de l'infanterie de marine pénètrent les premiers dans la place et plantent sur le mur un drapeau
français. Une heure après, l'ennemi lâchait pied sans
même essayer de défendre la citadelle où l'amiral

faisait son entrée avec son état-major. Cette brillante victoire nous coûtait 83 tués dont 4 officiers, et 320 blessés dont 22 officiers. Lu-Vinh-Phuoc laissait près de 4.000 morts ou blessés sur le champ de bataille, 100 canons et toute sa correspondance. »

La prise de Sontay ne nous rendait pas toutefois maîtres de tout le delta du Songcoï. Les Chinois occupaient encore Bac-Ninh et Hong-Hoa dans la plaine, Lang-Son et Laokay dans la région montagneuse du nord. Ces deux dernières places sont les clefs de la formidable porte qui constitue le passage naturel de la Chine dans le Tonkin. Leur possession nous était indispensable. Mais les forces dont disposait l'amiral étaient trop insuffisantes pour en tenter la prise. De plus, en ce moment, la situation se gâtait en Annam, au Cambodge même où les intrigues de palais se donnaient librement cours. Le successeur de Tu-Duc, Hiep-Hoa était empoisonné ; les mandarins le remplaçaient, sans notre consentement, par Khien-Phuoc, un enfant de quatorze ans qui devait bientôt avoir le même sort que Hiep-Hoa.

Le gouvernement français, qui veut être prêt à toute éventualité, porte à 16.000 hommes le corps d'occupation et en donne le commandement au général Millot que les généraux Brière de l'Isle et de Négrier accompagnent en qualité de brigadiers. Courbet reçoit le commandement en chef de la flotte que doit bientôt venir renforcer l'escadre de l'amiral Lespès : l'amiral arbore son pavillon sur le *Bayard* et regagne la baie d'Along où il s'emploie à traquer les jonques de pirates qui viennent y déposer leur contrebande de guerre.

La prise de Bac-Ninh et celle de Hong-Hoa, qui tombent aux mains du général Millot dans les premiers mois de 1884, à la suite d'une campagne fort habilement combinée, amènent le Tsong-Li-Yamen à résipiscence. Le capitaine de frégate Fournier, qui a personnellement une grande influence sur le grand mandarin Li-Hung-Chang, vice-roi du Petchili, signe le 11 mai 1884, les préliminaires du traité de Tien-Tsin qui consolide notre protectorat sur l'Indo-Chine définitivement détachée de la souveraineté chinoise, et oblige la Chine à retirer toutes ses troupes du Tonkin. La paix semblait assurée; le lieutenant-colonel Dugenne se dirigeait déjà vers Lang-Son avec 800 hommes pour occuper, conformément aux conventions, le nord du Tonkin, quand l'attentat de Bac-Lé vint tout remettre en question.

Le 23 juin, la colonne Dugenne venait de dépasser Bac-Lé et s'engageait sur la route de Lang-Son, à travers un défilé qui allait se rétrécissant vers le nord-ouest, quand des flancs de la montagne part une violente fusillade dirigée par des réguliers chinois. Un parlementaire s'avance : les mandarins militaires décla-

rent ne pas ignorer le traité de Tien-Tsin, mais refusent
de laisser nos troupes avancer davantage. Le colonel
Dugenne les avertit qu'il va reprendre sa marche et
fait sonner le départ. Sur le soir notre avant-garde se
heurte aux réguliers et le combat s'engage jusqu'à la

LE FLEUVE ROUGE PRÈS NIN-BINH

nuit. Nos hommes couchent sous les armes, sans feu
de bivouac. Au matin, le soleil en se dégageant de la
brume laisse apercevoir de nombreuses masses ennemies
en position sur toutes les rampes des montagnes. La
lutte reprend de plus belle ; mais voyant sa ligne de
retraite menacée, Dugenne donne l'ordre de se replier

sur Bac-Lé. La colonne a les plus grandes peines à contenir l'ennemi qui s'acharne après elle ; elle ne fait que
traverser Bac-Lé et rétrograde jusqu'à une forte position
où le général de Négrier ne tarde pas à lui venir en
secours.

Le gouvernement français demande aussitôt satisfaction à la Chine de cet attentat; et, tandis que le général
Brière-de-l'Isle, successeur du général Millot, prend
ses dispositions de défense, l'amiral Courbet est invité
à se tenir prêt à toute éventualité. Les négociations
traînent en longueur et la Chine, après avoir abusé de
la patience de M. Patenôtre, ne se décide à signer la
convention provisoire du 6 juin 1884 que pour s'éviter
les suites d'un ultimatum.

Mais elle ne renonce pas pour si peu à son double
jeu : son action sur les mandarins de Hué amène la mort
du roi et déchaîne une véritable révolution que notre
résident M. Rhenart arrête net en allant s'installer avec
un bataillon et une batterie dans le palais royal. Au
Cambodge, elle incite Norodom à remettre en question
l'exécution des engagements souscrits dès 1877.
M. Thomson, gouverneur de la Cochinchine, se rend à
Phnom-Penh avec quelques troupes, et, sans s'arrêter
aux récriminations du pauvre roi, l'oblige à accepter
la convention du 17 juin 1884 qui met entre nos mains
la direction des principaux services du protectorat.

Las enfin du mauvais vouloir des mandarins chinois, M. Patenôtre informe le Tsong-Li-Yamen que la France va prendre elle-même en Chine les gages qui lui conviendront, si les pourparlers n'ont pas abouti le 15 juillet. Ordre est donné en même temps à Courbet d'aller mouiller en rade de Fou-tchéou et de se préparer à une action contre Formose.

Courbet entre le 16 juillet avec toute la flotte dans la rivière Min et va jeter l'ancre en aval de Fou-tchéou, opération longtemps méditée par l'amiral mais d'une hardiesse que justifiaient seules la science admirable et la bravoure héroïque de ce soldat prématurément enlevé aux légitimes espérances de la France.

Le 15 juillet, pas de réponse du gouvernement chinois. Le Tsong-Li-Yamen fait seulement savoir, le 22, qu'il réfléchit toujours. Courbet est chargé de lui faciliter ce laborieux travail.

« L'amiral Lespès venait à peine de regagner sa cabine du *Duguay-Trouin* dans la nuit du 2 août quand, vers minuit, un canot à vapeur vint le prendre et le conduisit à bord du *Volta* sur lequel Courbet avait arboré son pavillon. Une heure après, il rentrait à son bord, faisait réveiller ses officiers d'état-major, les embarquait avec lui sur le *Lutin* et à toute vapeur descendait la rivière de Min. » — « Y a du bon ! » se disaient ses marins ; ils commentaient encore le mystérieux départ

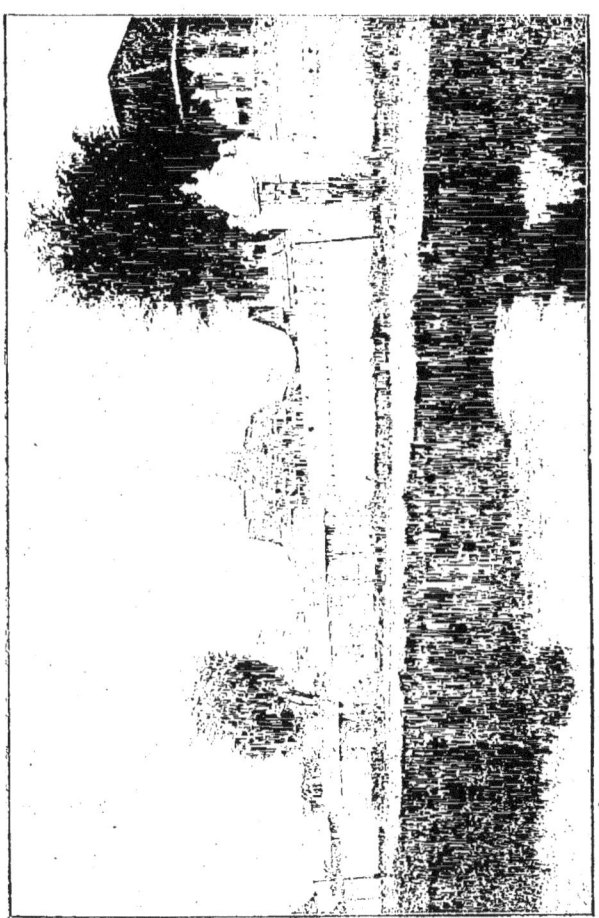

LE PALAIS DU ROI NORODOM A PNOM-PENH

de leur chef que le *La Galissonnière* et le *Lutin* jetaient
l'ancre par le travers de la passe de Kélung, près du
*Villars* qui était déjà sur rade depuis une quinzaine de
jours.

Le port de Kélung constitue un des postes charbonniers
les plus riches du Pacifique. Aussi Courbet avait-il saisi
avec empressement l'occasion que lui fournissaient les
événements pour assurer à nos croisières la possession
de cette partie de Formose. Des trois forts qui défendaient Kélung l'un était véritablement redoutable, même
pour un cuirassé; il comptait entre autres cinq grosses
pièces de 17 centimètres protégées par un blindage
d'acier de 20 centimètres. Avec une bravoure toute française Lespès, qui était passé sur le *La Galissonnière*,
vint fièrement se placer par le travers à 900 mètres du
fort. Le *Villars* et le *Lutin* s'étaient avancés au fond de
la rade pour prendre à revers le grand fort. Le 5 août,
sur le refus du général chinois de livrer les ouvrages
dont il a la défense, le branle-bas de combat est ordonné
et à huit heures précises s'étendent en longs roulements
sur l'Océan les détonations de l'escadre et des forts.
Quand la fumée eut fui devant une brise légère, l'amiral
mit en action ses grosses pièces de 24 dont les obus pro-
duisirent des effets foudroyants sur les blindages de la
grosse batterie ennemie. A 8 heures 45, le feu prend dans
la partie nord du fort; l'incendie se communique au vil-

lage voisin. Un quart d'heure après la poudrière sautait et les Chinois battaient en retraite vers un camp retranché dominant le goulet de la rade. Sous le commandement du capitaine de frégate Martin, une compagnie de débarquement est mise à terre, débusque les troupes chinoises de la ligne des crêtes, et le pavillon tricolore est hissé à une longue hampe qu'on a plantée en terre.

La soirée se passe sans incidents; mais dans la nuit une armée d'environ 3.000 hommes revient à l'attaque et, malgré les feux de salves meurtriers de nos 200 marins, s'apprête à leur couper la retraite. L'amiral signale de rembarquer au plus tôt. L'enseigne Barbier protège ce mouvement avec sa section et permet le transport des blessés jusque dans les embarcations. Au moment où celles-ci vont rejoindre leurs bords, un second maître du *Bayard*, embarqué à bord du *La Galissonnière* et nommé Jullaude, s'aperçoit qu'on a oublié d'enlever le drapeau planté la veille. Il se fraye un chemin jusqu'à l'étendard, et, ne pouvant déraciner la hampe, se suspend à l'étamine qu'il arrache. Il tombe; ses camarades le croient perdu et regagnent les vaisseaux. Le brave Jullaude, se voyant cerné de toutes parts, s'était prudemment laissé choir dans un ravin. Là il se tint blotti toute la nuit et vit distinctement les troupes chinoises passer au-dessus de sa tête et mettre au pillage quelques caisses que nous avions abandonnées. Vers le matin, il vida le

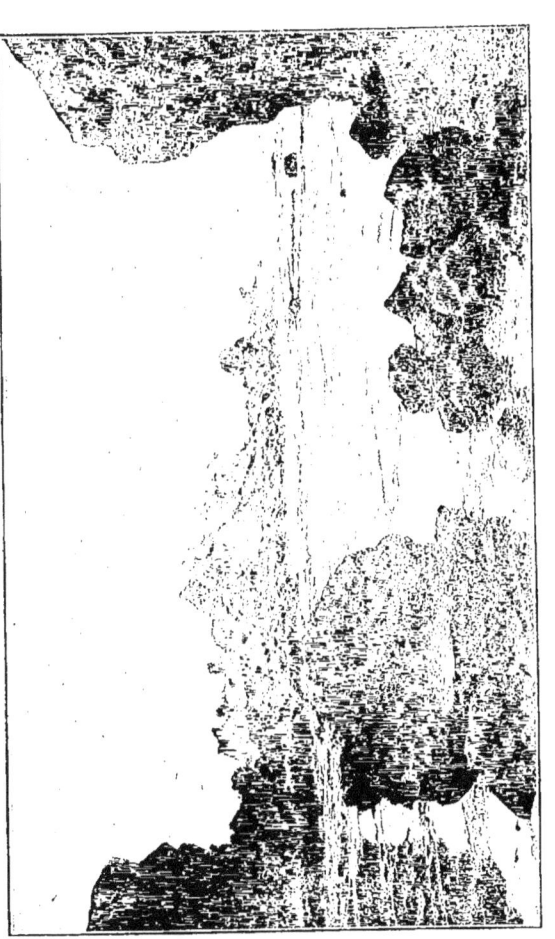

LA RADE DE KELUNG

café qui restait dans son bidon « pour qu'en cas de malheur les Chinois ne le bussent pas », descendit la colline et, arrivé sur la plage, héla le *Villars* mouillé à 400 mètres de là. Une embarcation le ramena lui et son drapeau.

Le 15 août, le Tsong-Li-Yamen n'a toujours adressé aucune réponse à l'ultimatum qui expire ce jour-là. M. Patenôtre fait parvenir à l'amiral Courbet l'ordre reçu de Paris d'agir contre Fou-tchéou. L'amiral disposait du *Volta*, portant son pavillon, du *Duguay-Trouin*, du d'*Estaing*, du *Lynx*, de la *Vipère*, de l'*Aspic*, et des torpilleurs 45 et 46, mouillés dans la rivière de Min. A cause de leur tirant d'eau, le *Villars* et la *Triomphante* s'étaient embossés à l'entrée du fleuve; le *Château-Renaud* et la *Saône* étaient restés au mouillage de Quan-Tao. L'escadre chinoise comptait onze croiseurs ou canonnières, et douze grandes jonques de guerre; elle portait environ 2.000 hommes d'équipage et cinquante-sept bouches à feu... Le jeudi 21, Courbet prie la corvette américaine *Enterprise*, les corvettes anglaises *Champion* et *Sapphire* et le *Vigilant* portant pavillon du vice-amiral Dovel, ainsi que trois voiliers et trois steamers étrangers de se mettre à l'abri des projectiles qui vont prochainement tomber dru sur la rivière. Le 22, il tient un conseil de guerre et décide avec ses capitaines que l'action s'engagera le lendemain, à l'évitage au jusant, pour priver les croiseurs chinois de l'avantage du courant dans le cas où ils songeraient à éperonner nos canonnières. Toute la soirée les jonques chinoises sillonnèrent la rivière, invectivant nos équipages et leur envoyant, sous forme de salut, d'énergiques « coupa l'cou ». Avec une prévoyance qui leur faisait honneur, les marchands chinois étaient venus se faire régler les fournitures qu'ils avaient libéralement livrées à nos vaisseaux. Bientôt la nuit tombe sur le

L'AMIRAL COURBET

fleuve que le *Duguay-Trouin* illumine dès neuf heures de ses projections.

« L'aurore du samedi 23 présage un jour d'une pureté sans égale. Le soleil apparaît dans toute sa splendeur derrière les collines de l'est. Paisible et majestueuse la rivière Min roule ses eaux boueuses et rien ne fait pré-

voir la lutte terrible qui dans quelques heures ensan-
glantera ses flots. » L'amiral, qui a tout prévu mathéma-
tiquement, a décidé qu'à 1 heure 45 exactement le pavillon

« LE BAYARD »

n° 1 donnera le signal du premier coup de canon. Aussi
nos équipages ont-ils le temps de déjeuner copieusement ;
la ration est doublée par ordre du commandant en chef.
Courbet est debout sur le pont du *Volta*, au pied du
mât d'artimon, surveillant attentivement le remue-ménage

des Chinois qui se livrent avec ostentation à des manœuvres de branle-bas. « Il est calme, comme à son habitude, toujours recherché dans sa mise, vêtu d'un veston
d'uniforme en flanelle blanche, guêtres blanches à ses
chaussures, la tête coiffée d'un petit chapeau de paille
blanc dont le ruban noir porte, en lettres dorées, le nom
du « *Bayard* »... A 1 heure 40, tous les hommes sont à
leur poste, les cœurs battent : un silence solennel fait
d'émotion, d'impatience et d'espoir, plane sur la flotte. »

Tout à coup un canot-torpille chinois pique dans la
direction du *Volta*. Le signal n° 1 s'élève ; les torpilleurs
45 et 46 se lancent en avant ; la canonnade éclate sur
toute sa ligne. Le 46 atteint le *Yang-Hoa*, le plus redoutable des croiseurs chinois ; un formidable craquement
retentit : le bâtiment cherche à s'enfuir ; un obus crève
sa chaudière ; il s'effondre dans les flots. Le 45, commandé par M. Latour, plante sa torpille dans l'arrière
du *Fou-Sing* ; mais il ne peut se dégager assez vite ; il
est inondé d'une pluie de projectiles dont l'un crève l'œil
à M. Latour ce qui n'empêche pas cet officier de commander « Feu ! » Le vaisseau mortellement blessé réussit
à s'échouer ; son équipage se jette à l'eau, mais est
presque entièrement anéanti par la pluie de projectiles
que du haut des hunes crachent sans répit les hotchkiss.
Les canots du *Villars* consomment la ruine du *Fou-
Sing*.

FORT DE KELUNG APRÈS LE BOMBARDEMENT

« A 2 heures 25, après 30 minutes de combat, le canon se tait. Bientôt la fumée se dissipe. Ce n'est pas sans anxiété que de tous côtés on cherche, on regarde, on interroge... : les navires français sont intacts. Ils portent à peine çà et là quelques glorieuses traces d'obus ou boulets : le grand pavillon tricolore qui flotte à chacun de leurs mâts est bien réellement victorieux ! » La flotte chinoise est écrasée; neuf grandes jonques brûlent et coulent en même temps ; leurs équipages sont à l'eau pêle-mêle dans un fouillis de mâts, de cordages déchiquetés par la mitraille. Deux autres jonques chargées de soldats essaient de s'enfuir, mais sont coupées en deux chacune par un obus. Seuls deux petits navires, le *Fou-Poo* et le *Yun-Sing* ont réussi à s'échapper et remontent la rivière à toute vapeur. Quant aux autres croiseurs il n'en reste rien. « Pourtant les Chinois ont donné de beaux exemples de courage et d'héroïsme. Sur l'un de leurs vaisseaux aux trois quarts incendié et prêt à s'abîmer, le pavillon chinois est tout à coup rehissé et un servant envoie à nos navires un dernier coup de canon. »

« Le fleuve est couvert de débris de toutes sortes et, accrochés à ces épaves, de pauvres diables de Célestes cherchent à se sauver. Leurs têtes émergent de l'eau et n'apparaissent que comme de petits points noirs. Nos matelots qui, depuis le début, ont été admirables

d'entrain et de discipline, sont maintenant surexcités
par le combat. L'amiral relève lui-même les fusils que
ses hommes veulent encore décharger sur ces petits
points noirs qui défilent au gré du courant (1). » A quatre
heures, l'amiral signale de ne plus tirer que pour se défendre. Mais les batteries de terre qui ne sont qu'à
400 mètres convergent soudain leurs feux sur le *Volta*.
Courbet, voyant qu'on lui fait l'honneur de viser son
navire, se pique au jeu, va'près de ses canonniers, surveille le pointage et avec des mots d'une juvénile ardeur félicite les servants de leurs coups heureux.

La nuit arrive et un nouveau danger nous menace. Les
Chinois qui ne perdent pas courage font dériver sur nos
vaisseaux une série de brûlots de toutes tailles. Toute
la nuit fut employée à faire couler à coups de canons
ces grandes jonques en feu dont l'incendie illuminait le
ciel de lueurs fantastiques.

Le soir du 23, l'amiral adressait aux navires l'ordre
du jour suivant :

« Il y a aujourd'hui deux mois, nos soldats étaient
victimes près de Lang-Son d'une infâme trahison. Cet
attentat est déjà vengé par la bravoure de vos camarades de Kélung et par la vôtre. Mais la France demande une réparation plus éclatante encore. Avec de

(1) Rapport officiel sur le bombardement de Fou-Tchéou.

vaillants marins comme vous elle peut tout obtenir ! »

L'œuvre de réparation devait se continuer en effet les jours suivants de victorieuse manière. La journée du 24 est employée à achever la destruction des jonques en ignition et à bouleverser l'arsenal de Fou-Tchéou :

MARCHANDS CHINOIS DE FOU-TCHÉOU

un croiseur en construction, la fonderie, les ateliers d'ajustage, de dessin, les magasins d'armes s'effondrent sous nos obus.

Le 25 au matin, l'amiral décide de quitter le théâtre de cette première victoire et de sortir de la rivière de Min. La retraite n'était point sans présenter de grands dangers. L'escadre, en effet, devait descendre la rivière

sur une longueur de douze milles et affronter le feu des
forts qui battaient les passes de Mingan et de Kim-Paï
et que les Célestes avaient eu depuis quelques mois le
temps d'armer tout à leur aise. Il fallait aussi passer
sous la fusillade d'une véritable armée que le Tong-
Doc avait massée sur les rives. Le 25, le 26 et le 27, les
vaisseaux démolissent une à une, embrasure par embrasure, toutes les batteries chinoises. Le 28, Courbet se
présente à la passe de l'île Salamis, dont les troupes
ennemies garnissent les berges et que défend un fort
armé de grosses pièces, protégé par des casemates for-
mées de pierres, de ciment et de vieux canons plantés
verticalement. De plus, il faut éviter les torpilles élec-
triques dont les fils se distinguent aisément. Le *Duguay-
Trouin* et la *Triomphante*, qui possèdent les plus
grosses pièces, protègent la sortie de l'escadre. Le fort
s'effondre sous nos énormes obus. Un projectile de la
*Triomphante* tombe sur les réserves de cartouches, au
milieu du camp chinois : une formidable explosion retentit et l'armée du Tong-Doc s'éparpille comme moi-
neaux dans toutes les directions. A coups de hotchkiss,
ce même vaisseau faisait éclater les torpilles qui défendaient la passe et, le 29, toute l'escadre sortait de la
rivière de Fou-Tchéou, ne laissant derrière elle que des
monceaux de ruines fumantes.

La lenteur de réflexion du Tsong-Li-Yamen se soldait

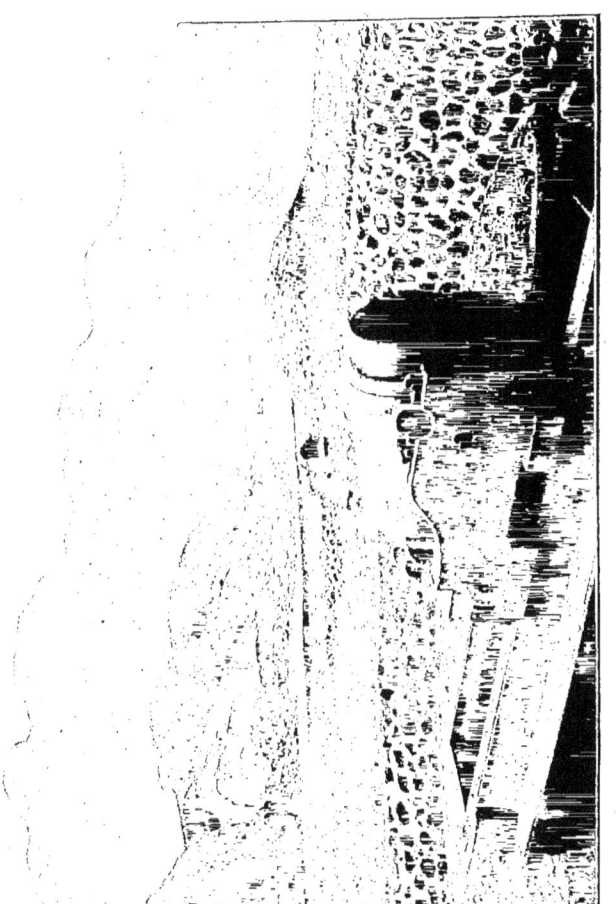

POSITIONS CHINOISES DE MAKUNG

pour la Chine par une perte d'une trentaine de millions, par l'anéantissement de sa meilleure escadre et la mort de 2.000 de ses soldats ou marins. Cette éclatante victoire nous coûtait 10 tués dont 1 officier, le lieutenant de vaisseau Bouët-Villaumetz, et 45 blessés.

En octobre, nos deux escadres des mers de Chine concentrent tous leurs efforts sur Formose. Courbet, quoique n'approuvant guère la main-mise sur les ports seuls de cette grande île qu'un corps d'armée aurait eu de la peine à conquérir et à pacifier, vint s'établir aisément dans les anciens forts de Kélung que la présence de nos vedettes n'avait pas permis aux Chinois de restaurer pendant les affaires de Fou-Tchéou. Une attaque de l'amiral Lespès contre Tamsui fut moins heureuse ; ses vaisseaux bouleversèrent sans peine les ouvrages ennemis ; mais, faute de contingents suffisants d'infanterie de marine, il ne peut s'y maintenir. Les opérations dans les eaux de Formose se bornent alors au blocus de l'île. L'escadre en surveille scrupuleusement les abords pour en défendre l'accès à une flotte que le gouvernement chinois, disait-on, concentrait mystérieusement dans les ports du Petchili. Quelques jonques de commerce tombent seules entre nos mains. Une expédition dirigée par le colonel Duchesne vient bien consolider notre position à Kélung ; mais les intempéries de la saison pluvieuse ne permettent à cet officier que de dégager les environs de la place et l'empêchent d'entreprendre une action énergique dans l'intérieur.

En février 1885, l'escadre trouve enfin l'occasion de rompre la longue et énervante monotonie de ce blocus, maintenu par une mer le plus souvent démontée et sous un ciel chargé des effluves asphyxiants du Tropique. Ces fameux vaisseaux chinois, restés si longtemps à l'état de vaisseaux-fantômes et dont la presse anglaise se plaisait à faire autant d'épouvantails, se décident à donner de leurs nouvelles. On signale à Courbet, le 12, la présence de cette Armada dans laquelle l'amiral reconnaît simplement une frégate, un aviso et trois croiseurs qu'au mois de juillet précédent, avant l'ouverture des hostilités, la *Triomphante* a longtemps tenu au bout de ses canons. On lui court dessus à tirage forcé. Mais les Chinois, qui nous ont découverts avant que la brume nous ait permis de les apercevoir, prennent aussitôt chasse, forçant de vapeur aussi eux, devant le *Bayard*, le *Nielly*, l'*Eclaireur*, la *Triomphante*, la *Saône* et l'*Aspic*. Leur avance considérable leur permet d'échapper dans le sud. Nos braves marins sont dans la désolation!

Mais l'amiral qui connaît dans tous leurs recoins les hâvres de la côte, se méfie que les plus mauvais marcheurs ennemis ont dû aller chercher refuge dans la baie de Sheï-Poo. Le 14 au matin, chacune des nombreuses passes de la grande rade est gardée par un de

nos bâtiments. L'*Aspic* et quelques canots partent dis-
crètement en reconnaissance et découvrent bientôt deux
gros croiseurs le *Yu-Yen* et le *Tcheng-King* prudemment abrités derrière une des îles qui parsèment la baie.
La nuit se fait, nuit sans lune ; mer houleuse ; pluie
torrentielle. A onze heures, deux canots à vapeur se dé-
tachent du *Bayard* ; une vedette peinte en gris les
précède dans la passe ; à 3 heures 46, deux sourdes détonations retentissent presque en même temps : le *Yu-Yen*
et le *Tching-King* torpillés prennent feu. Leurs artilleurs risquent à l'aveuglette quelques coups de canon.
Aussitôt les batteries des forts de Sheï-Poo tirent
de toutes leurs pièces sur leurs propres navires, tandis
que l'armée chinoise dévale au pas de course sur le
rivage et envoie bravement ses salves les mieux nour-
ries aux équipages chinois qui cherchent un refuge
à terre ! Une balle perdue vint malheureusement atteindre un de nos marins ; sans cela cette victoire eût coûté
à Courbet juste 30 kilogs de coton-poudre. Les Célestes
se consolèrent, il est vrai, assez vite de leur échec en
proclamant que le perfide « *Coupa* » (c'est ainsi qu'ils
surnommaient l'amiral) avait triché en torpillant leurs
navires, caché dans une jonque qu'au demeurant ils
n'avaient pas manqué de couler.

Courbet leur prouva peu de temps après qu'ils avaient
dû se tromper, en bloquant en personne le Petchili, en

enlevant tous les navires chargés de riz destinés à la
Chine, et en jetant, en mars, sur les Pescadores un
corps de débarquement commandé par le capitaine
Lange. Cet officier enlève à la baïonnette, sous le feu
protecteur de la flotte, les défenses de Makung. En
quelques jours l'archipel des Pêcheurs est à nous:
« conquête précieuse en raison de son admirable position géographique, position équivalente, sinon supérieure, à celle même de Hong-Kong. » Seuls les préliminaires de la paix vinrent en avril arrêter le cours de
nos succès maritimes dans les mers de Chine.

Pendant ce temps notre armée de terre poussait activement l'occupation du Tonkin au milieu de difficultés
sans nombre que parvenaient seule à briser l'initiative
des chefs et l'intrépidité de leurs hommes.

Tout d'abord apparut l'insuffisance des effectifs dont
disposait en 1884 le commandement supérieur. Le général Brière-de-l'Isle avait en effet devant lui à la fois
les bandes de Lu-Vinh-Phuoc et toute une armée chinoise
à laquelle les Pavillons-Noirs ne servaient que de rideau.
De nouveaux renforts arrivent de France, et, vers la
fin de l'année, le général s'avance sur la route de
Lang-Son avec 7.000 hommes répartis en deux brigades
que commandent le général de Négrier et le colonel
Giovanninelli. Au chef de bataillon Dominé est confiée

la mission de contenir à Tuyen-Quan un corps chinois
de 6.000 hommes qui, depuis les premiers jours de
décembre s'est porté au confluent du Fleuve Rouge et

POSTE DE PAVILLONS-NOIRS

de la rivière Claire. Après une marche de dix jours,
signalée par six victoires, nos troupes, chassant l'ennemi
de position en position, entraient à Lang-Son. Le
général de Négrier s'y installait avec sa brigade ;
l'armée chinoise essayait bien de se reformer à Ki-Lua ;

mais une meurtrière canonnade avait raison de ses derniers efforts.

A ce moment de graves nouvelles arrivent de Tuyen-Quan : 10.000 Chinois sont venus renforcer l'ennemi qui bloque la place ; toutes les communications sont coupées. Dominé toutefois résiste toujours héroïquement avec ses 600 hommes. Mais les munitions se font rares ; la faim, la fatigue, la maladie épuisent la garnison ; de plus, l'audace et l'habileté des jaunes dénotent, à ne s'y point tromper, la présence dans leurs rangs d'ingénieurs, sinon d'officiers européens. En février, les ouvrages avancés, ébranlés par des mines, ont dû être abandonnés ; les Célestes ont poussé leurs travaux souterrains jusque sous les murs de la place dans lesquels s'ouvrent trois larges brèches. D'intrépides sorties exécutées par les légionnaires et les tirailleurs indigènes ne peuvent que reculer de quelques heures l'échéance de l'assaut final. C'est au cours d'un de ces terribles épisodes du siège que s'immortalisa le sergent Bobillot dont l'héroïsme est devenu populaire.

Cependant, le 25 février, un remue-ménage inaccoutumé se produit dans les lignes ennemies ; de forts contingents s'éloignent vers le nord : c'est Lu-Vinh-Phuoc qui se porte en toute hâte vers les défilés de Hoa-Moc qui commandent la route de Lang-Son. Ce mouvement laisse comprendre à Dominé que les secours approchent. Ses compagnons reprennent courage; en effet, dans la nuit du 28, des fusées tricolores apparaissent, muet langage de Brière-de-l'Isle qui exhorte ainsi les défenseurs à tenir bon quelques heures encore...

le temps nécessaire pour forcer les défilés de Hoa-Moc. Ces quelques heures durent trois jours! « Le 2 mars, la première brigade s'avance, éclairée par les tirailleurs tonkinois... Arrivés à 60 mètres des ouvrages chinois, les éclaireurs sont accueillis par un feu roulant. Les tirailleurs algériens marchent à droite, l'infanterie de

LE GÉNÉRAL DE NÉGRIER

marine à gauche. L'assaut est préparé par l'artillerie. Tous nos hommes s'élancent la baïonnette au canon. Une mine éclate en avant de l'ouvrage attaqué par les tirailleurs algériens et met de nombreux soldats hors de combat. Mais l'infanterie de marine s'empare de plusieurs retranchements. La nuit arrête notre offensive : nuit terrible qu'il fallut passer à quelques mètres de l'ennemi, sans pouvoir faire un feu de bivouac, ou allumer une lumière. Le lendemain, à la pointe du jour, l'attaque recommence et les ouvrages ennemis sont enlevés. A deux heures de l'après-midi, le général Brière-de-l'Isle pouvait féliciter le commandant Dominé de son admirable résistance. » [1]

L'armée chinoise battue à Hoa-Moc s'est reformée rapidement dans la région de Lang-Son, grâce à l'activité incroyable de Lu-Vinh-Phuoc, activité qui ferait honneur à ce chef de partisans s'il n'était davantage un chef de brigands ; elles viennent se heurter aux troupes de Négrier qui leur inflige une série d'échecs et les repousse jusqu'à la porte de Chine. Pour montrer aux Célestes que la France est bien décidée à maintenir ouvert le passage qu'elle s'est frayé au cœur même de l'empire du Milieu, le général fait sauter à la dynamite l'antique rempart opposé à l'Europe par la dynastie mandchoue et entre sur le territoire chinois. Mais dans l'après-midi du 24 mars, la colonne se heurte au delà de Bang-bo à une nouvelle armée de 30.000 hommes qu'amènent au secours de Vinh-Phuoc les mandarins militaires du Kouang-Si et du Kouang-Toun. A trois heures, l'action est engagée sur toute la ligne : malgré

(1) Extrait du rapport officiel.

des pertes terribles, les Chinois avancent toujours et
débordent les flancs de l'armée. La retraite s'impose ;
elle s'opère lentement, avec autant de méthode que sur
un champ de manœuvre. Trois furieux assauts sont
repoussés par des feux de salve qui fauchent des files
entières. Enfin, le 25, on se retrouve à la porte de
Chine. Les Célestes semblent avoir renoncé à nous
poursuivre; le général de Négrier les attend en vain toute
la journée et atteint sans être inquiété Ki-Lua, puis
Lang-Son où 700 hommes de troupes fraîches viennent
renforcer sa brigade. Le 28, à l'aube, la colonne se
remet en marche. Elle vient de s'engager entre deux
hautes chaînes de montagnes, quand les flanqueurs se
rabattent précipitamment en tiraillant... De chaque
côté de la route la fusillade éclate... le canon tonne:
c'est l'armée chinoise qui fait à nouveau son apparition.
A peine reformée dans la nuit du 24, elle s'était divisée
en deux brigades qui s'étaient jetées à travers le pays,
contournant chacune de son côté les massifs montagneux
dont les croupes s'allongent au delà de Lang-Son. Elles
espéraient nous couper de Tuyen-Quan ; mais la difficulté du terrain leur avait permis seulement de nous rejoindre et de tomber sur nos deux flancs. Jusqu'au soir
le général de Négrier arrête victorieusement le mouvement enveloppant. Mais, en se portant vers une compagnie qui s'est trop engagée, il est atteint d'une balle

et obligé de passer à l'ambulance, laissant le commandement au colonel Herbinger. Un peu avant la nuit, une charge furieuse est dirigée sur notre front par toute l'infanterie impériale ; elle ne s'arrête qu'à 200 mètres de nos pièces, broyée sous une pluie de mitraille. Cependant les cartouchières et les caissons déjà sont presque vides. Le colonel Herbinger, paralysé par le sentiment d'une responsabilité qui lui incombe trop subitement, trompé peut-être par les sonneries de rappel de l'ennemi, donne brusquement le signal de la retraite. Cette manœuvre insuffisamment préparée eût tourné au désastre si les Chinois eussent songé à nous poursuivre. Elle leur sembla tellement anormale qu'il y virent un piège et n'osèrent pas inquiéter la débandade de nos hommes. La colonne arriva dans le plus grand désordre à Chu, où le colonel Borgnis-Desbordes réussit à calmer la panique. Les pertes en hommes, durant la retraite, furent presque nulles ; mais l'imprévoyance du colonel Herbinger entraîna la perte d'un matériel appréciable.

Les généraux Brière-de-l'Isle et Giovanninelli (ce dernier récemment promu brigadier) arrivent le lendemain et réoccupent les positions abandonnées par les Chinois eux-mêmes. Une habile manœuvre allait leur permettre de réparer d'éclatante manière l'échec de Lang-Son quand arriva l'ordre de cesser les hostilités. Les préliminaires de paix avec la Chine venaient d'être

EXPLOITATION MINIÈRE DANS LE HAUT TONKIN

signés le 4 avril, et mettaient le gouvernement impérial dans l'obligation immédiate d'évacuer le Tonkin. Les finances du Céleste Empire étaient à bout; le blocus du riz impitoyablement tenu par Courbet le menaçait de la famine; la Corée armait.

PÊCHEURS SUR LA RIVIÈRE DE HUÉ

La paix fut définitivement signée le 9 juin à Tien-Tsin par M. Patenôtre au nom de la France et par Li-Hung-Tchang au nom de la Chine. L'Annam et le Tonkin étaient pour toujours détachés de la suzeraineté chinoise et placés sous le protectorat exclusif de la France; l'Empire du Milieu était contraint d'ouvrir à notre commerce sa frontière méridionale; il nous réservait en outre certains avantages au cœur des pays placés sous sa domination.

La perfidie des mandarins annamites de Hué, qui se rendent coupables d'un guet-apens aussi odieux que maladroit, ne sert qu'à rendre notre protectorat sur l'Annam encore plus intime. Le général de Courcy, nommé commandant en chef du corps expéditionnaire, débarquait à peine à Hué que la populace se jetait à l'improviste, dans la nuit du 4 au 5 juin, sur le petit camp où reposait l'escorte. Cette agression fut impitoyablement châtiée. Les coupables s'enfuirent dans les montages de Cam-Lo, entraînant avec eux le roi Ham-Nghi. Nguyen-Van-Thuong, nommé régent, essaie de continuer avec nous sa politique ultra-orientale : il est empoigné, déporté à Poulo-Condor, puis à Taïti où il meurt de rage. Le roi Ham-Nghi est fait prisonnier à son tour, déposé et interné à Alger. Cette leçon n'a pas été perdue pour ses successeurs qui n'ont cessé de prouver leur fidélité à la France.

Malheureusement un deuil cruel devait mêler une douloureuse amertume à la joie du pays, chez qui les admirables qualités militaires de ses marins et de ses soldats avaient fait renaître la confiance dans ses grandes destinées. Le 12 juin, à son réveil, la France apprenait la mort de l'amiral Courbet. Atteint depuis plusieurs mois d'une grave affection contractée sous le ciel impitoyable des tropiques, épuisé par les fatigues physiques et morales d'une campagne sans précédents, l'amiral, sourd aux instances de ses amis, avait voulu rester jusqu'au bout à la tête de son escadre. Le 10, il se sentit perdu et gagna en chancelant sa cabine du *Bayard*... de son cher *Bayard* à bord duquel il avait triomphalement promené le drapeau français sur le Pacifique.

« Le 11, il perdit connaissance ; puis, un peu avant minuit, il ouvrit une dernière fois les yeux, les tourna vers le ciel, comme pour dire un dernier adieu à sa famille qu'il ne devait plus revoir, à tous ces vaillants qui l'entouraient, à cette France qu'il aimait tant et pour laquelle il mourait... il poussa un soupir et ce fut le dernier... » Quelques instants après le gros canon du *Bayard* sonnait lugubrement le glas de ce grand Français.

# CHAPITRE IX

## LA POLITIQUE FRANÇAISE EN EXTRÊME-ORIENT

Paul Bert. — La pacification du Tonkin. — Les affaires du Siam. — M. le Myre de Vilers à Bangkok. — Vers le Yunnam. — Le rôle de la France en Chine. — La campagne des légations. — L'avenir de l'Indo-Chine.

Le Tonkin devait encore coûter à la France un de ses plus illustres enfants. Un de ses grands savants, Paul Bert, nommé résident général à Hanoï, avait reçu mission d'assurer l'exécution littérale du traité de Tien-Tsin, traité de paix, d'amitié et de commerce. Avec une énergie qu'égalait seul son esprit de conciliation et d'humanité, il s'était mis courageusement à l'œuvre de régénération du Tonkin. Il fallait d'abord asseoir notre occupation et la dégager de l'inquiétude que faisait encore peser sur les populations indigènes la présence des bandes de pirates. Paul Bert inaugure, avec le concours des garnisons françaises et des milices indigènes, une série d'opérations de police qui donnent parfois lieu à de bril-

lants faits d'armes (tels l'occupation de Than-Hoa, la
prise de Bin-Binh, le siège mémorable de Bah-Dinh) et
qui amènent la pacification progressive du pays. En
même temps il encourage l'initiative des chefs indigènes,

HAÏPHONG

récompense leurs services, établit d'amicales relations
entre les vainqueurs et les vaincus, détermine un sérieux
courant d'immigration européenne vers les campagnes
et les villes qu'il perce de voies nouvelles, qu'il assainit
par d'utiles travaux. Mais les fatigues qu'il s'impose
sans compter ébranlent sa santé ; une attaque de dysen-

terie le surprend au cours d'un voyage à Hué, et il vient mourir à Hanoï, le 11 novembre 1886.

Jusqu'en 1892, l'œuvre de paix se poursuit sans re-

JEUNE FILLE TONKINOISE

lâche ; nos colonnes sillonnent le Delta et le Haut-Pays et moissonnent de nouveaux lauriers sous les ordres des généraux Borgnis-Desbordes et Voyron, des colonels Frey, Terrillon et Servières, en même temps que de hardis explorateurs reconnaissent les voies commerciales du Tonkin vers le Laos, le Yunnam, la Haute-Birmanie et la Chine. M. Pavie, entre autres, renouvelle à travers

FONCTIONNAIRE ANNAMITE

les pays Chans les exploits de Doudart de Lagrée et de Francis Garnier.

Ce n'était d'ailleurs pas le seul service que devait rendre à notre belle possession d'Indo-Chine cet éner-

gique et avisé diplomate. Ce fut en effet à sa vigilance,
ainsi qu'à l'expérience de M. Le Myre de Vilers, que la
France fut redevable de la solution pacifique du grave
conflit qui éclata en 1893 avec le Siam.

Nous étions à peine établis en Annam que le gouvernement siamois, cédant à des influences dont il n'était
pas malaisé de deviner l'origine, se rendait coupable,
sur la rive droite comme sur la rive gauche du Mékong,
d'actes d'empiétements de toutes sortes au préjudice de
l'Annam que les traités nous faisaient un devoir de protéger. Trop de puissances étaient intéressées à l'indépendance du Siam pour que nous usions d'une action
brutale à l'égard de nos voisins. Aussi les mandarins de
Bangkok, enhardis par notre discrétion, ne tinrent-ils
aucun compte des remontrances présentées par notre
consul général, M. Pavie, depuis ministre de France.
En 1892-1893, ils installent des postes militaires sur le
territoire annamite, enlèvent les agents indigènes qui
leur résistent, transportent de force en pays siamois la
population entière de certains districts. La capture d'un
capitaine français, M. Thoreux, le meurtre d'un de nos
représentants, M. Grosgurin, l'expulsion brutale des
agents français du Syndicat du Laos, la mort suspecte
de M. Massie viennent mettre le comble au mécontente-
ment qui de l'Annam a gagné la France... Et la cour de
Bangkok continuait à recevoir sans sourciller les pro-

INDIGÈNES MANS (YUN-NAN)

testations les plus violentes de M. Pavie, en vertu de
l'adage chinois : « Les mots n'écorchent pas, seul le
canon tue. »

Mais, en pareille occurrence, l'emploi du canon eût pu
devenir dangereux... surtout pour les canonniers.
Bangkok est en effet une ville de près de 400.000 âmes,
agrégat des plus hétérogènes, mixture des nationalités
les plus diverses et de nationaux aux patries mal déter-
minées ; une attaque de nos marins pouvait déchaîner
l'émeute, faire couler le sang d'Européens que certaines
nations n'auraient pas manqué de revendiquer pour
leurs. Pour rétablir l'ordre, nous pouvions être entraînés
à une nouvelle guerre du Tonkin, guerre dans laquelle
nous eussions trouvé derrière le Siam une autre puissance que la Chine.

L'ordre fut simplement donné au gouverneur de l'Indo-
Chine de réunir les forces dont il pouvait disposer et de
remonter la rive du Mékong en refoulant les postes siamois qu'on y rencontrerait. Pendant que cette opération
s'exécutait avec bonheur et célérité, M. Le Myre de
Vilers, qui jouissait d'une grande autorité dans le Siam
comme dans le reste de l'Indo-Chine, gagnait Bangkok
par les voies les plus rapides, en qualité d'envoyé extraordinaire du gouvernement français.

A ce moment l'Angleterre entre en scène pour jouer
son éternel personnage à double face. Tandis que lord

Dufferin proteste à Paris « que dans le conflit que nous avons avec le Siam pour nos frontières, nous ne trouverons en aucune manière l'Angleterre en notre présence » l'amirauté, pour donner du cœur aux Siamois, expédie trois vaisseaux devant la barre du Mé-Nam, sous prétexte de protéger ses nationaux. Ne voulant pas être pris au dépourvu, notre ministre des affaires étrangères télégraphie aussitôt à la division navale de l'Extrême-Orient de se porter dans le golfe du Siam et d'envoyer ses canonnières mouiller sous Bangkok, comme les traités leur en donnaient le droit; toutefois pas une amorce ne devait être brûlée sans un nouvel ordre. Au moment où l'*Inconstant* et la *Comète* s'engagent sur la barre du fleuve, ils sont accueillis par le feu des forts et des navires siamois. Avec une audace et une intrépidité admirables, nos canonnières foncent à travers barrages et lignes de torpilles et viennent crânement braquer leurs pièces sur la résidence royale de Bangkok. Le lendemain, la populace siamoise est ameutée autour d'un paquebot de la compagnie fluviale de Cochinchine, *le Jean-Baptiste Say*, qui s'est échoué sous Pak-Nam; la cargaison est pillée, l'équipage maltraité. La présence d'esprit de M. le Myre de Vilers arrête à temps le bras de nos artilleurs prêt à tirer sur l'étoupille. Il se rend à la cour, énumère brièvement les arguments sur lesquels la France appuie ses revendications, réservant pour la fin le meilleur de tous : « Après tout, conclut-il, nos canonnières sont là ! » Dès l'instant que « le canon français était là » la cour de Bangkok ne pouvait que s'incliner.

Le 1er octobre 1893, elle s'engageait à n'entretenir aucune embarcation armée sur le Mékong, à détruire tous ses postes fortifiés des provinces de Battambang et de Sien-Reap, à retirer tous ses contigents réguliers ou irréguliers de la rive droite du fleuve et sur une largeur de 25 kilomètres. La signature du traité fut accueillie par tous avec la plus grande satisfaction, sauf par les journaux anglais.

La convention de 1893, légèrement modifiée à notre avantage en 1899, n'a malheureusement pour le maintien des bonnes relations entre les deux pays, été observée par le gouvernement siamois qu'avec un esprit de déloyauté constant. Des influences étrangères, anglaise et japonaise surtout ont pesé sur cette convention d'une manière aussi constante que sournoise pour en rendre la lettre morte. Le gouvernement français, a tout fait pour aplanir les difficultés soulevées à chaque instant par le Siam ; il a même accepté en 1905 la signature d'un nouveau traité dont les liens sont d'une grande fragilité pour tenir en respect la diplomatie astucieuse de Bangkok, mais qui marque la limite des concessions possibles.

Du côté de la Chine, la sécurité de notre empire indo-chinois n'est pas absolue. Au moment où ces lignes sont écrites, la question d'Extrême-Orient est d'une exceptionnelle acuité, et de l'issue du formidable conflit qui a mis la Russie aux prises avec le Japon devront se dégager pour le gouvernement français les lignes de la conduite que nous aurons à suivre, en raison de l'immixtion dans la politique mondiale de ce revenant de l'histoire qu'est le Japon.

Depuis 1898 nous avons travaillé d'une façon peut-être un peu lente, mais cependant féconde à renforcer notre situation stratégique, politique et économique en Indo-Chine.

D'une part la défense territoriale et maritime a été améliorée soit par l'augmentation des effectifs, soit par l'établissement de postes mieux fortifiés et l'envoi à Saïgon de quelques défenses navales mobiles.

Puis, pour mettre le Tonkin à l'abri d'une attaque soudaine d'un ennemi possible, le golfe, trop ouvert à des escadres étrangères, a été fermé par la prise de possession de Kouang-Tchéou-Van. Cette baie se creuse dans la presqu'île de Laïtchéou, qui domine la partie orientale du golfe, et constitue une excellente position stratégique à mi-route entre Hanoï et Hong-Kong : elle peut fournir à nos escadres abri, charbon et ravitaillement facile. Par la convention du 10 avril 1898, la Chine nous a cédé à bail ce coin de territoire.

Politiquement nous avons renforcé notre situation vis-à-vis de la Chine par une série de traités et de conventions qui nous permettent d'exercer un contrôle plus efficace sur les intentions du mandarinat et l'esprit des populations. Tout d'abord les droits d'exterritorialité dans les villes ouvertes aux Européens ont été fortifiés ou étendus. Puis la Chine s'est engagée à n'accorder aucune concession de quelque nature qu'elle soit dans les provinces limitrophes du Tonkin (Yunnam, Kouang-Si, Kouang-Toun), et dans l'île d'Haïnan qui continue la presqu'île de Laïtchéou. Enfin la direction et l'organisation de l'administration des postes chinoises est attribuée à des fonctionnaires français.

Economiquement notre situation en Indo-Chine est renforcée par l'obtention à notre profit de droits commerciaux dans certains ports de Chine, par l'exploitation de la ligne ferrée du Tonkin à Yunnam-Sen. Quand le réseau ferré projeté réunira le Yunnam au Tonkin, Hanoï à Saïgon et Saïgon au Laos, notre domaine indo-chinois pourra largement nous payer les intérêts des sommes énormes déjà consacrées à la mise en valeur de cet admirable pays.

*
* *

Mais tandis que la France augmentait son influence

dans le Sud de la Chine et prenait position pour
exploiter au point de vue économique cet immense
réservoir de 400 millions d'habitants, les autres grandes
puissances mondiales s'efforçaient d'obtenir mêmes
avantages.

Au Nord la Russie poussait une pointe hardie vers le
Pacifique pénétrait en Mandchourie et faisait de Port-
Arthur une citadelle avancée dominant le golfe du
Petchili.

L'Angleterre tâchait d'obtenir par petits morceaux ce
que la Russie prenait en gros : elle ne réussissait qu'à
s'asseoir plus fortement sur ses anciennes positions et
à opposer à la citadelle russe de Port-Arthur celle de
Weï-haï weï sur l'autre rive du Petchili.

En 1897, l'Allemagne en quête de débouchés pour son
industrie, affirmait son intention de participer au partage tout au moins économique de l'Empire du Milieu
en s'installant fortement dans la province du Chan-
Toung et à Kiao-Tchéou, et en se ménageant l'exploitation des futures voies ferrées de cette riche région.

Les Américains, en relations avec la Chine depuis 1868,
et intéressés depuis la main mise sur les Philippines,
à l'équilibre international dans l'ouest du Pacifique se
posaient en copartageants des pays chinois.

L'Italie, elle aussi, malgré les déceptions que lui
avaient réservées jusqu'à ce jour ses tentatives en loin-

tains pays, élevait la voix quoique plus timidement dans le concert diplomatique.

Enfin, le Japon, méconnu, tenu en médiocre estime par les blancs qui souriaient de se voir singés par ces jaunes, se préparait avec une sûreté de méthode admirable, à défendre des droits qu'il croyait indiscutables sur la Corée, menacée par l'occupation russe de la Mandchourie.

En présence de ces convoitises déchaînées que faisait la Chine ?

Malgré l'apparente inertie et la faiblesse, peut-être voulue de sa politique, deux courants d'idées se dessinaient au Tsong-li-Yamen.

Un parti, ayant à sa tête la reine régente, opposait aux chancelleries européennes les méthodes ambiguës et les procédés dilatoires de toute diplomatie orientale, essayant de mettre en opposition les intérêts chers à chaque puissance étrangère, et ne cédant quelque avantage aux uns que pour leur mettre les autres à dos. Au fond, ce parti intelligent, comprenait que la Chine devait se préparer lentement, comme elle voyait le Japon lui-même le faire, à une lutte ouverte dont l'heure n'était pas venue, et qu'elle ne pouvait s'y préparer qu'en modifiant doucement ses institutions surannées où en empruntant à l'Occident des armes pour les défendre. L'autre parti ayant à sa tête le prince Touan,

oncle de l'empereur régnant, opposait une absolue
intransigeance aux réformes morales, économiques et
militaires. Ce parti recrutait surtout dans le peuple et
la vieille armée ses plus dévoués prosélytes. De nombreuses sociétés secrètes se formaient pour la défense
des traditions anciennes : leurs membres (Boxers) se
livraient contre les étrangers à une propagande violente
d'où allait sortir la révolte de 1900.

En mai, les massacres commencent : négociants,
missionnaires, catéchumènes chrétiens sont assassinés,
leurs maisons brûlées. En juillet, l'ambassadeur d'Allemagne demande une réparation sévère pour le meurtre
de missionnaires et d'ingénieurs allemands. La populace
de Pékin le met en pièces et se jette sur le quartier des
légations européennes. Celles-ci défendues par une
poignée d'hommes organisent la résistance, sous l'œil
indifférent du gouvernement chinois.

L'Europe, surprise par ces événéments terribles, court
au secours de ses représentants, décidée à châtier
sévèrement cette violation sans nom du droit des gens.

Le Japon s'unit à l'Europe ; et, comme il est plus à
même d'agir efficacement, en raison de son voisinage,
on accepte avec empressement le concours de ses
armes.

La campagne du Petchili réunit sous le drapeau de
la civilisation Français, Russes, Anglais, Allemands,

Japonais et Américains. Le commandement de l'armée des alliés est dévolu au vieux général allemand de Waldersee, qui use de la plus grande courtoisie à l'égard des généraux français Voyron et Frey, de l'amiral anglais Seymour, des généraux russes Stœssel et Wasilewsky et du général japonais Fukushima.

Tien-Tsin est occupé : après avoir bousculé, le 5 août à Peitzang et le 6 août à Yang-Tsoun, une armée chinoise bien équipée, les alliés arrivent le 6 à Tang-Chéou. Là on apprend que la situation des légations est désespérée : bombardés jour et nuit, affamés, épuisés par les veilles, leurs héroïques défenseurs, soutenus par le courage et le dévouement admirable d'une français, M^me Cartier, vont succomber sous le nombre. Il est décidé qu'une colonne légère, formée avec des contingents de tous les corps européens et japonais, va se lancer en avant. Malgré le retour offensif des Célestes, celle-ci arrive le 14 août sous les murs de Pékin, dégage les légations, et entre le 15 août dans l'enceinte du Palais Impérial.

Nous n'avons pas ici à insister sur l'attitude des troupes alliées au cours de cette rapide campagne. Bien des excès furent commis contre l'ennemi dont les biens particuliers et les croyances furent plus d'une fois violés. Quoiqu'il en soit, un contingent demeure à l'abri de tout reproche, c'est le contingent français

14

qui par son attitude pleine de dignité a su s'imposer au respect et à l'admiration des chinois eux-mêmes.

Une autre leçon se dégageait aussi des événements militaires : l'armée japonaise dont les contingents étaient les plus nombreux, s'était distinguée par la bravoure des soldats, poussée jusqu'au fanatisme, et par les solides qualités techniques de ses chefs. L'habileté de ses diplomates, au lendemain de la victoire internationale, n'avait non plus échappé à personne...

Cette campagne du Petchili eut enfin pour résultat d'établir nettement sur l'échiquier chinois la place de chacune des pièces qu'allaient, à partir de ce moment, pousser les alliés d'hier.

La Russie sentant les compétitions rivales s'aiguiser chaque jour davantage, avança audacieusement son pion. Elle s'installa plus solidement en Mandchourie, et menaça d'englober la Corée dans sa zone d'influence.

Le Japon, prévoyant depuis longtemps cette main mise sur un pays sur lequel ses traditions historiques, ses intérêts économiques et les nécessités de son prestige politique lui donnaient des droits, s'était dès longtemps préparé à barrer la route de la Russie qui ne prévoyait point l'éventualité d'être obligée de soutenir sa politique envahissante par la force des armes.

De là est né le conflit qui ensanglante l'Extrême-Orient à l'heure où cette histoire est écrite, et dont

l'issue constitue un redoutable problème pour les défenseurs de la paix mondiale.

Quoiqu'il en soit, un dilemme se pose. Ou la Chine,
endormie dans ses traditions, est appelée à devenir la
proie des grandes puissances qui s'en partageront les
lambeaux de concert avec la Russie et le Japon récon-
ciliés — ou la Chine, se réveillant de sa torpeur sécu-
laire au bruit du canon, se jettera dans les bras de
son frère jaune et lui demandera d'organiser contre
l'Occident les forces qu'il renferme en puissance. Dans
l'un et l'autre cas, la France aura, en raison de sa
situation en Indo-Chine, des droits considérables à faire
valoir le jour du partage, ou à défendre le jour du réveil
de la Chine.

Elle ne saurait ni trop tôt, ni trop fortement se préparer pour cette éventualité peut-être prochaine.

# TROISIÈME PARTIE

---

# La France en Océanie.

# CHAPITRE X

## A TRAVERS LES OASIS DU PACIFIQUE

Les archipels océaniens. — Tahiti. — La dynastie des « Enrhumés ». — Missionnaires et missionnaires. — Théologie, diplomatie et pharmacie. — Etablissement des protectorats français de l'Océanie. — Un petit pacte de famine. — L'assaut d'une officine. — Une note d'apothicaire.

Qu'il soit fait des rougeoyantes immensités du sable saharien ou des bleues immensités du Pacifique, il n'est point de désert sans oasis ; et sur les oasis océaniennes, comme sur les oasis africaines cette grande voyageuse qu'est la brise trouve toujours quelque drapeau tricolore à éployer de son souffle.

A 3.000 lieues des côtes de France et à mi-route entre l'Australie et Panama, çà et là de petites taches vertes apparaissent sur la moire diaprée du Grand Océan : ici, c'est un bouquet dont les robustes floraisons s'épa-

nouissent aux flancs de hauts pitons en gerbes orgueil-
leuses faites des plus précieuses essences forestières ;
là, on dirait quelque mignonne bague perdue par une
ondine sur le tapis moutonneux des vagues, bague dont
le cercle de rose corail est enchassé de l'émeraude des
frêles cocotiers. Un puissant travail plutonien a fait jaill-
lir des flots la vasque qui porte la gerbe immense des
palissandres, des bois de rose, des ébéniers, des ban-
couliers et des santals ; la bague coralline est l'œuvre
des madrépores, ces infiniment petits bâtisseurs d'archipels. Massives créations plutoniennes, la Tahiti de Qui-
ros et de Bougainville, la Raïatea de Cook et de Lapérouse, et la Nouka-Hiva d'Antoine Mendana et de Marchand (nom prédestiné aux audacieux voyages) — filles
des infiniment petits, la Mangareva de Wilson, la Ruru-
tu de Byron et d'Entrecasteaux sont à cette heure, avec
quelque autre centaine d'ilots et de récifs océaniens, les
oasis françaises du Pacifique.

Quand Bougainville, Cook, Marchand et Wilson, les
premiers parmi les européens, visitèrent les archipels
polynésiens, vivait sous le doux climat des tropiques,
éternellement tempéré par la brise marine, « une race
molle, indolente, sans besoins, à qui le sol prodiguait
libéralement les fruits les plus délicats, les senteurs les
plus capiteuses, les harmonies les plus voluptueuses...
A tous tout était facile, sauf le travail ; tout simple, hormi

l'effort ». Point d'autre souci que celui de bannir tous soucis... soucis du corps et soucis de l'âme. Comme le costume, la foi était sommaire ; le culte pas plus compliqué
que la cuisine :
une noix de coco
donnait son lait
à boire et son
écorce à adorer...
C'était le beau
temps de cet Eden
dont les Eves
avaient si hospi-
talièrement ac-
cueilli Bougain-
ville, que le grand
navigateur lui
avait donné le·
nom de Nouvelle
Cythère.

TYPE TAHITIEN

Or, en 1797, un
clergyman et sa
clergylady entrèrent dans ce paradis terrestre ; aux Eves
furent offertes des Bibles ; chaque Adam reçut une bou-
teille de tafia et la manière de s'en servir. Puis, la morale tahitienne résistant à ces arguments, la *London
Missionnary Society* mit sur le *Duff* une cargaison de

nouveaux clergymen anglais, américains, norwégiens
même, et vogue la galère vers la Nouvelle Cythère! De
Tahiti la petite colonne confessionnelle, composée trop à
la hâte d'éléments très disparates, s'éparpilla dans les îles
avoisinantes. Les efforts des pasteurs aboutirent d'abord
à un résultat qui dut singulièrement confondre l'intellect
tahitien : une royauté théocratique fut constituée. Le
premier chef indigène qui embrassa la foi récemment im-
portée reçut comme récompense le titre de roi et un nom
que Romulus lui-même n'eut pas envié : il fut baptisé
*Pomaré*, c'est-à-dire *l'Enrhumé*.

Mais l'établissement parallèle sur la totalité du pays de
la royauté tahitienne et aussi de la foi anglicane n'alla
pas tout seul. Les agents de la *London Society* eurent en
effet beaucoup de peine à convertir les indigènes, et
leurs efforts dans ce sens furent fréquemment l'occasion
de troubles sanglants, provoqués par la rivalité des
prêtes autochtones menacés dans leur influence. Enfin,
vingt-cinq ans après l'élévation de la dynastie des Pomaré, à la suite d'une bataille dans laquelle les dieux
païens « négligèrent de donner la victoire à leurs partisans, la population brûla ses idoles » et, si elle ne
devint pas véritablement chrétienne, elle adorna du
moins ses superstitions des tant monotones cérémonies
du culte nouveau. Les anciens ministres du culte, auteurs
des troubles, ces hideux Arioïs dont la luxure était la

seule religion, furent traqués comme des bêtes fauves
par les clergymen : bon nombre furent emmurés dans
des cavernes. La cour des Pomaré fut, cela va sans dire,
réformée selon l'Evangile, et les belles filles, enguir-
landées de fleurs, ne dansèrent plus qu'au chant des
psaumes : c'était moins gai qu'autrefois... mais tout de
même un peu plus moral.

Tahiti allait devenir la Jérusalem Nouvelle, quand de
graves désaccords éclatèrent entre les pasteurs et...
leurs ombres. Mieux doué que Peter-Schlemil, tout pas-
teur anglais en effet a deux ombres qui le suivent partout : l'une très calme, très digne, très docile qui marche
sur les pas de son maître et reproduit rigoureusement
la grâce habituelle d'une correcte lévite et d'un élégant
couvre-chef ; l'autre plus capricieuse, plus agitée, plus
vagabonde et qui pousse parfois l'irrespect jusqu'à faire
de mauvaises niches à son révérend : cette deuxième
ombre du missionnaire britannique, c'est le mercanti.
Dans un des sacs de la commune besace, des Bibles ;
dans l'autre, de la pacotille. Il n'est point de terre,
même inconnue, où ne soient passés l'homme aux deux
ombres... les deux ombres à la commune besace.

Or, le XIXe siècle naissant, tous les diables de l'enfer
en personne se coalisèrent pour faire aux révérends la
mauvaise plaisanterie de se substituer à leurs ombres
commerciales : sous les traits de quincailliers de Liver-

pool, de bonnetiers de Boston, de savetiers de Christiansand, d'épiciers d'Edimbourg, voire même sous les haillons d'ordonnance de déserteurs de toutes armes et de tous pays, les malins esprits se mirent à saper l'œuvre des hommes de Dieu, prêchant aux Tahitiennes une morale dans le goût de celle des Arioïs, pillant, volant les Tahitiens et les conduisant au temple à coups de triques pour dévaliser leurs cases plus à leur aise. La vie scandaleuse que restaurèrent à Papeete les diaboliques colons amenés par les pasteurs devint tellement proverbiale en Océanie que, vers 1825, des missionnaires catholiques français prirent le chemin du Paradis, plus que jamais Perdu, de Tahiti, pour convertir tout ce qu'ils y rencontreraient, indigènes, colons, clergymen même au besoin.

L'arrivée de la concurrence catholique jeta l'émoi dans le camp des révérends. Pour mâter leurs ouailles en pleine discorde évangélique, ils conçurent un projet machiavélique : ils essayèrent de persuader à Pomaré IV, la gracieuse descendante de l'Enrhumé, que, si elle ne se hâtait de placer ses états sous le protectorat anglais, c'en était fait de leur gloire future comme de leur morale. Ils se disaient, non sans raison, que l'occupation britannique pouvait seule assurer militairement la conversion des indigènes et la prédominance politique de l'Evangile. Mais, estimant que le jour où

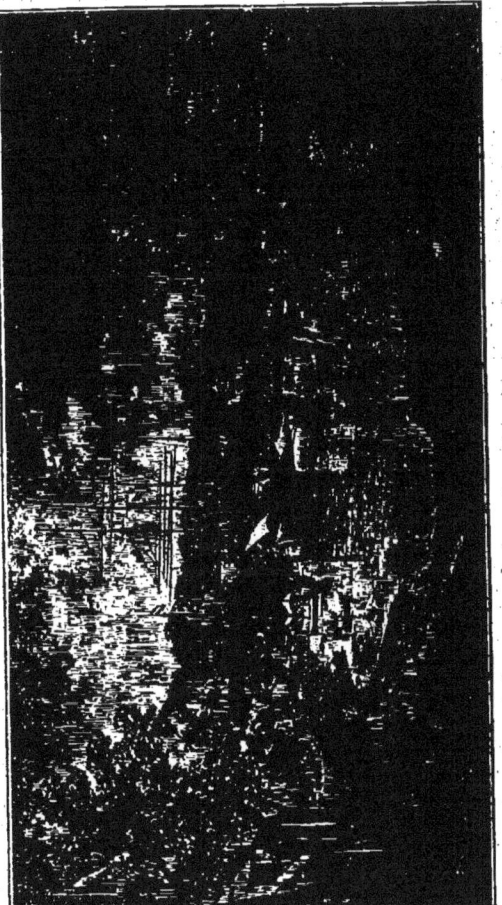

LE PORT DE PAPEETE

(D'après une aquarelle de Miss Gordon Cumming.)

les sévères administrateurs de Londres mettraient le
pied dans leur île, c'en serait pour toujours fini de danser en rond, au son des flûtes nasales, les jolies Tahitiennes, aux élégantes toilettes faites de beaucoup de
fleurs et de très peu de gaze, et aussi bon nombre des
ouailles masculines des pasteurs, ne trouvèrent rien
mieux pour déjouer les prudes combinaisons des révérends... que de faire cause commune avec les missionnaires catholiques. Ces derniers, enchantés de voir la
clientèle venir à eux, se gardèrent bien de la repousser
par une sévérité que ne comportait pas la latitude, et
s'occupèrent à prêcher plutôt sur la foi que sur la
morale.

De cette concurrence entre missionnaires catholiques
et missionnaires protestants devait naître une série de
conflits dans le détail desquels nous n'entrerons pas.
Mais la mignonne reine Pomaré, dans le cerveau de qui
le frottement du diadème avait électrolisé de brillantes
aptitudes politiques, se contenta tout d'abord de mar-
quer les coups.

Chacun des deux partis rivaux appela alors son gouvernement à la rescousse. L'Angleterre, dont l'oreille
est d'une extrême finesse à ce genre d'appel, décida de
se faire représenter officiellement près de Sa Majesté
Pomaré IV ; le Forcing Office put bientôt prodiguer ses
conseils à un fonctionnaire revêtu du triple caractère de

diplomate, de clergyman et de pharmacien. Pritchard,
en costume de consul, une bible sous un bras, un bocal
d'opiat sous l'autre, devint l'homme du jour à Papeete.
Peu à peu il réussit à s'imposer dans le conseil de
Pomaré, si bien qu'il obtint l'expulsion brutale de deux
prêtres catholiques, les PP. Carey et Laval, venus pour
renforcer la mission française. Cependant, si la jujube
de sa diplomatie avait réussi à circonvenir Pomaré,
l'ipéca de son éloquence ne put arracher aux missionnaires leurs turbulents prosélytes. L'autorité trop tran-
chante de Pritchard devait bientôt s'émousser sur un
obstacle inattendu.

Un beau jour, en effet, débarqua à Papeete un français de manières distinguées, aimables, charmeuses
même, M. Mœrenhout, que son gouvernement s'était
décidé à envoyer comme consul près de la reine. Conquérir les bonnes grâce de la souveraine, confondre les
intrigues de Pritchard furent pour lui l'affaire d'un instant. Au bout des troubles, qui prenaient à Tahiti une
proportion d'autant plus redoutable que les passions re-
ligieuses étaient en jeu, M. Mœrenhout montra à la
reine la dure servitude britannique. Quelques cordons
honorifiques adroitement passés au cou de quelques
conseillers, quelques pièces d'étoffes éclatantes offertes
à propos aux dames d'honneur achevèrent la défaite des
pastilles de Pritchard. Pour échapper à l'Angleterre,

Pomaré IV prit le parti de se donner à la France. Restait à trouver l'occasion ; notre consul sut la faire naître avec une remarquable décision.

En mai et en juin 1842, le contre-amiral Dupetit-Thouars venait de prendre possession au nom de la France de Nuka-Hiva et des Marquises. Mis par notre

HUTTE ET INDIGÈNE DE POLYNÉSIE (TUAMATOU)

agent au courant de ce qui se passait dans les îles de la Société, il accourt, toutes voiles dehors, et, dans les premiers jours de septembre, jette l'ancre devant Papéete. Le 9, l'amiral recevait la lettre suivante signée par la reine et ses ministres :

« Parce que nous ne pouvons continuer à gouverner par nous-mêmes dans le présent état de choses, de manière à conserver la bonne harmonie avec les gouvernements étrangers, sans nous exposer à perdre nos

15

îles, notre liberté et notre autorité, nous, les soussignés, la Reine et les grands chefs de Tahiti, nous écrivons les présentes pour solliciter le roi des Français de nous prendre sous sa protection aux conditions suivantes :

« La souveraineté de la Reine et son autorité et l'autorité des principaux chefs sur leurs peuples seront garanties. Tous les réglements et lois seront faits au nom de la reine Pomaré et signés par elle. La possession des terres de la Reine et du peuple leur sera garantie. Ces terres leur resteront. Toutes les disputes relativement au droit de propriété ou des propriétaires des terres seront de la juridiction spéciale des tribunaux du pays. Chacun sera libre dans l'exercice de son culte ou de sa religion. Les Eglises existant actuellement continueront d'être, et les missionnaires anglais continueront leurs fonctions sans être molestés ; il en sera de même pour tout autre culte : personne ne pourra être molesté ni contrarié dans sa croyance.

« A ces conditions, la reine Pomaré et ses grands chefs demandent la protection du roi des Français, laissant entre ses mains et aux soins du gouvernement français, ou à la personne nommée par lui et avec l'approbation de la reine Pomaré, la direction de toutes les affaires avec les gouvernements étrangers, de même que tout ce qui concerne les résidents étrangers, le églement du port, etc... et le prient de prendre telle mesure qu'il pourra juger utile pour la conservation de la bonne harmonie et de la paix. »

Le même jour, l'amiral accusait réception de cette lettre, et proclamait, sauf ratification de son gouvernement, le protectorat de la France sur l'île de Tahiti et les archipels qui en dépendent.

L'échec de Pritchard était complet. Notre homme entra dans une rage terrible; il faillit en mourir, quand il apprit que trente et un résidents anglais venaient d'écrire à l'amiral Dupetit-Thouars la lettre suivante :

« Monsieur,

« Nous soussignés, résidents anglais de Tahiti, nous désirons vous remercier d'avoir accepté provisoirement la demande par laquelle la reine Pomaré a sollicité la protection de S. M. le Roi des Français dans ce qui touche à ses relations extérieures avec les puissances étrangères et les résidents étrangers ; et nous sommes heureux de voir mettre un terme aux désordres et aux abus qui ont régné jusqu'à présent dans le port ; nous nous félicitons que vous ayez *pro tempore*, comme vous l'annoncez par votre proclamation, rendu des lois et des réglements et donné des garanties capables d'assurer la protection des propriétés et l'administration de la justice. »

En mars 1843, Louis-Philippe ratifiait en ces termes l'acceptation du protectorat :

Louis-Philippe, Roi des Français, à la reine Pomaré, salut :

Illustre et excellente princesse, notre contre-amiral Dupetit-Thouars, commandeur de la Légion d'honneur et commandant en chef de nos forces navales dans l'océan Pacifique, nous a rendu compte de la demande que, de concert avec les grands chefs principaux de. vos îles, vous avez faite de placer votre personne et vos terres, ainsi que la personne et les terres de tous les Tahitiens, sous le protectorat de notre Couronne, offrant de nous remettre la direction des affaires extérieures de vos Etats, les règlements de port et autres mesures propres à assurer la paix dans cet archipel. Notre cœur s'est ouvert à votre voix ; et puisque, d'accord avec les chefs de vos îles, vous ne pensez trouver repos et sûreté qu'à l'ombre de notre protection, nous voulons vous donner une preuve éclatante de notre royale bienveillance en acceptant votre offre. Nous conférons tout pouvoir au Gouverneur de nos Etablissements dans l'Océanie, le capitaine de vaisseau Bruat, pour s'entendre avec vous et avec les grands chefs. Il a toute notre confiance ; écoutéz-le. Conservez vos terres et votre autorité. intérieure sur vos sujets ; et, sous la garde de notre sceptre ami,

assurez leur bonheur par la sagesse et la bonne foi. De
notre côté, nous chercherons, comme toujours, les occa-
sions de vous donner, ainsi qu'à tous les habitants de
vos îles, les gages de la sincère affection que nous vous
portons.

Que la paix et la prospérité soient avec vous !

Donné en notre palais des Tuileries, le vingt-cinquième
jour du mois de mars de l'an de grâce 1843.

*Signé* : LOUIS-PHILIPPE.

*Contre-signé* : GUIZOT.

Le premier acte de la pièce était joué; Pritchard avait
bien juré de relever le rideau sur un second.

A peine l'escadre de l'amiral Dupetit-Thouars a-t-elle
disparu à l'horizon, que le clergyman-potard-diplomate
adresse au commodore anglais Towp un appel désespéré.
Il lui montre Tahiti couverte de ruines, le drapeau anglais
en lambeaux, l'Évangile en déroute : rien n'était plus
sûr dans le pays, pas même ses bocaux ! Towp ne perdit point de temps, et à son tour vint mouiller à Papeete.
Nos deux compères entamèrent contre les missionnaires
français et leurs amis les renégats une campagne d'abo-
minables vexations que ne put arrêter notre agent,
M. Bruat, et qui jeta bientôt la terreur dans le pays.
Towp, entre autres, lança aux résidents de son pays une
violente proclamation pour leur interdire toute soumis-

sion aux règlements provisoires établis par Dupetit-
Thouars ; Pomaré IV terrifiée dut consentir sous la menace
à hisser le pavillon britannique au-dessus de l'antique
palais des Enrhumés. Puis la guerre civile éclate ; la
canaille se répand dans la campagne et met en coupe
réglée tous les habitants, catholiques et protestants in-
distinctement.

Informé de ce qui se passait à Tahiti, Dupetit-Thouars
cingle au plus vite vers l'île. Il débarque à terre une
compagnie, et somme son ancienne amie Pomaré de
remplacer immédiatement son nouveau pavillon par l'ancien. Mais Pritchard veille toujours. Il épouvante la princesse par un exposé truculent des formidables responsabilités qu'elle a encourues, lui montre la dynastie des
Pomaré bien compromise, et, peu rassuré lui-même sur
les conséquences de ses manœuvres, décide la souveraine
à le suivre à bord d'un navire anglais. Il prend auparavant la précaution sournoise d'abattre avec grand fracas
le drapeau britannique qui léchait de ses plis l'enseigne
de son officine. Par ordre de l'amiral les trois couleurs
sont de nouveau arborées sur le Louvre de Papeete.

La situation se tendait. Chauvins et jingoës s'en donnaient à cœur joie, et de chaque côté du détroit on se
mitraillait de gros mots. Qu'allait faire l'Angleterre ?
qu'allait faire la France ? Au fond, les deux gouvernements étaient aussi embarrassés l'un que l'autre.

Comme ni l'une ni l'autre puissance ne trouvait son compte dans un règlement belliqueux de la question et jugeait que le jeu n'en valait pas la chandelle, toutes deux se firent de mutuelles avances. Il fut convenu, après un échange d'explications moitié miel et moitié vinaigre, que l'état de choses à Tahiti serait ramené à ce qu'il était au lendemain du passage du Dupetit-Thouars.

Pritchard exultait... en apparence : au fond il se trouvait désavoué par son gouvernement. Avec une obstination que rien ne décourage, il renoue ses intrigues avec les chefs partisans de l'Angleterre, et excite à nouveau contre nous les indigènes par des combinaisons qui lui permettent en outre de se faire grasse main à leurs dépens : il organise une famine factice, achète de nombreux troupeaux, les cache dans les replis des montagnes, ne distribue de la viande fraîche aux habitants qu'à un prix exorbitant, criant par-dessus les toits qu'il se ruine à faire vivre le pays, exaspérant par cette tactique indigènes et résidents, expliquant congrûment qu'on ne meurt de faim en Tahiti que depuis le jour où les Français y ont mis le pied. Enfin une nouvelle insurrection éclate ; les bandes armées se reprennent à courir le pays ; Pomaré, en son aveugle confiance en Pritchard, va de nouveau chercher un refuge à bord d'une goëlette anglaise. Deuxième retour de l'escadre qui vient en aide au capitaine de vaisseau Bruat, dont l'escorte est trop faible pour rétablir l'ordre toute seule. Les bandes d'insurgés sont désarmées ; on trouve la preuve que Pritchard est le seul instigateur et bénéficiaire du petit pacte de famine et du mouvement insurrectionnel qui en est résulté. Dupetit-Thouars perd patience, et il charge douze matelots d'aller cueillir dans sa pharmacie, où il s'était barricadé, le clergyman-consul. Un siège inénarrable commence, qui relève plus du roman comique que de l'épopée. Nos braves mathurins, en effet, enlèvent avec leur habituel entrain les travaux avancés de l'ennemi dont les bastions consistent en boîtes de gomme et les barricades en bocaux d'alcool. En un clin d'œil... tout est avalé : ce qui ne peut passer par la gorge est jeté par les fenêtres. Le grand-livre de l'apothicaire sert à allumer les pipes. Quant à Pritchard, qui demeure impassible devant le sac de ses onguents, il est en un rien de temps ligotté et amené à bord dans une couverte que nos marins eurent peut-être le tort d'agiter outre mesure.

Nouvelle complication entre le cabinet de Londres et celui de Paris ; d'un côté et de l'autre du détroit l'opinion publique s'exaspère ; le canon allait peut-être parler, quand Pritchard éleva la voix. Il se montrait bon prince : pourvu qu'on lui réglât une petite note dont il présenterait le devis, il se déclarerait satisfait. Le Foreign-Office et le ministère des Affaires étrangères ne trouvèrent

INDIGÈNES DE TAHITI

point de solution plus satisfaisante : les diplomates échangèrent pour la galerie de courtoises explications, et Pritchard fut invité à présenter sa fameuse note qui ne pouvait être réglée sans l'approbation des Chambres françaises. Un vaste éclat de rire accueillit son compte... vrai compte d'apothicaire. Le gouvernement était d'avis de payer pour ne point paraître pécher par ladrerie; mais l'opposition crie à la faiblesse, à la timidité, se fait une plate-forme du comptoir de Pritchard, et cette fameuse, séance commencée par des plaisanteries, faillit se terminer par la chute du cabinet.

« Pendant qu'à Paris, dit M. Gaffarel, se discutait la question tahitienne, à Tahiti même elle se dénouait brusquement par la force. Les insurgés avaient repris la campagne. A Mahaena, quelques centaines d'entre eux s'étaient installés dans un poste redoutable. » Il fallut pour les en déloger un siège autrement plus sérieux que celui de la pharmacie Pritchard. Refoulés de montagne en montagne, les partisans, après avoir vaillamment soutenu plusieurs combats sanglants, sont enfin enveloppés dans le village de Fautahua. Le 17 septembre 1846, ce dernier foyer d'insurrection est éteint ; les chefs indigènes rentrent les uns après les autres dans leurs villages, font leur soumission, et Pomaré IV, qui avait pris le dur chemin de l'exil, se décide à rentrer dans l'auguste demeure des Enrhumés. Comme elle était femme, elle revint sans peine à ses premières amours et jura fidélité éternelle au drapeau français.

Notre protectorat s'étendit sur les îles voisines : Tahiti devint un centre d'où l'influence française rayonna sur les oasis océaniennes : dès 1844, le vieux roi Putaïri avait placé les îles Gambier sous le protectorat français qui devait y surveiller la pêche des huîtres perlières. En 1847, le roi Parima réclame la même faveur pour ses îles australes, Tubuaï. En 1859, le drapeau français est hissé sur l'essaim des 80 îles corallifères des Tuamotou. L'intrépide Père Bataillon, le protagoniste de ces hardis missionnaires français qui étaient partis à la conquête spirituelle des farouches Canaques océaniens, avait préparé les Iles Wallis à se réclamer du protectorat français. Les Futuna, Ruratu, etc... viennent augmenter le nombre de nos pupilles.

Aucun conflit ne s'éleva en Tahiti jusqu'en 1852. Mais cette année-là, une insurrection fomentée par des émules du mémorable Pritchard chassa la reine de son trône. La France, fidèle aux engagements contractés, s'empressa de lui apporter son appui et lui ménagea une rentrée triomphale dans sa capitale.

L'illustre princesse mourut en 1877, si profondément désabusée des vanités attachées à la couronne, qu'elle ne pensa même pas à désigner dans son testament, où pourtant était couché l'heureux légataire de sa tabatière, la tête qui devait coiffer le glorieux diadème des Enrhumés. Au petit bonheur, le gouvernement français désigna pour lui succéder, en vertu de la loi salique sans doute, l'aîné de ses fils, Arii-Aua, qui prit le nom de Pomaré V. Cet heureux monarque n'hésita pas, en 1880, à sacrifier sa couronne et son trône à sa tranquillité conjugale : le gouvernement français s'étant ému du mariage de son protégé avec miss Johanna Salmon, Pomaré V ne fit aucune difficulté pour échanger sa royauté contre une bonne pension que lui offrit la France : il se contenta d'exprimer certains vœux « touchant le respect des lois et des coutumes tahitiennes ».

# CHAPITRE XI

## EN NOUVELLE-CALÉDONIE

La Nouvelle-Calédonie. — Une scène de cannibalisme chez les
Canaques. — Le nègre et le commodore. — Fondation de Nouméa.
— Les richesses de la colonie.


Taïti demeura pendant une dizaine d'années le centre
des Etablissements français de l'Océanie. Mais longue
était la route de la métropole aux antipodes. Sur la
première moitié du trajet Nossi-Bé et Mayotte, dont
nous avions pris possession en 1841 et 1842, constituaient,
avec la Réunion, l'unique refuge où pussent s'abriter
nos vaisseaux. De Bourbon aux Iles de la Société, pendant les cinquante jours qu'on mettait alors à accomplir
la seconde partie du trajet, pas le plus petit coin de
terre française. Nous n'étions pas encore maîtres de
Saïgon et l'escale de Pondichéry éloignait de la route di-
recte. Il fallait à tout prix trouver dans l'Ouest de l'Océanie une terre libre où créer une station navale. On songea, en 1842, à prendre possession de la baie d'Akoroa,

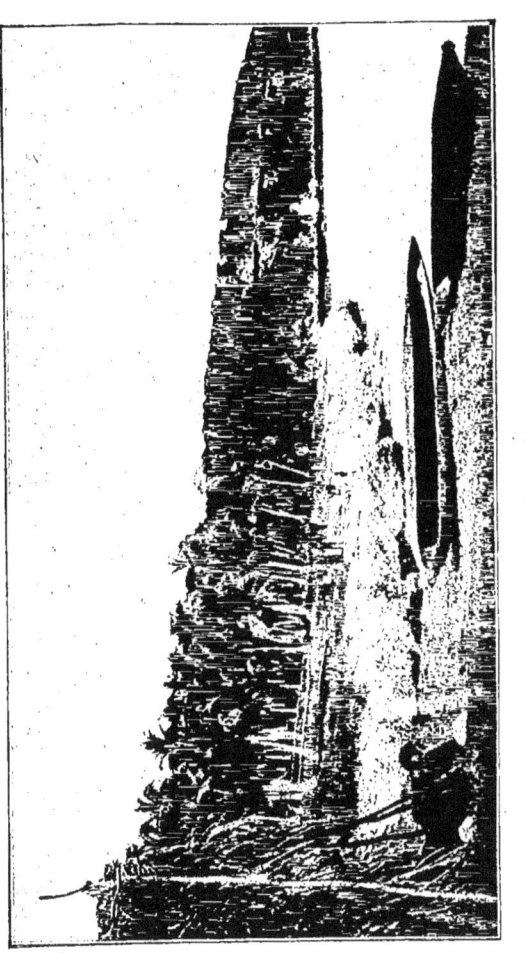

LA CÔTE NÉO-CALÉDONIENNE

située au sud de la Nouvelle-Zélande et dont une expédition, sous les ordres du capitaine Langlois, avait reconnu les nombreux avantages. L'Angleterre eut vent du projet; peu soucieuse de voir une puissance rivale s'installer à 400 lieues de Sydney, elle nous devança à Akaroa; quand nos vaisseaux y arrivèrent, le drapeau britannique y flottait.

On se souvint alors que, quelques années auparavant, des missionnaires français maristes avaient été débarqués par le *Bucéphale* sur une terre jadis visitée par Cook et explorée depuis en partie par d'Entrecasteaux à la recherche de Lapérouse. Le premier de ces grands voyageurs l'avait baptisée du nom de Nouvelle-Calédonie et décrite en ces termes : « C'est une contrée entrecoupée de montagnes de différentes hauteurs qui laissent entre elles des vallées plus ou moins profondes. De ces montagnes, s'il est permis de juger du tout par les parties que j'ai visitées, sortent des sources innombrables dont les eaux, qui serpentent dans les plaines, portent partout la fertilité et fournissent aux besoins des habitants. Les sommets de la plupart de ces montagnes semblent stériles, quoique les flancs soient çà et là couverts de bois comme les vallées et les plaines. Je la crois entièrement, ou pour la plus grande partie, entourée par des récifs et des brisants qui en rendent l'accès très difficile et très périlleux, mais qui servent à la mettre à

16

l'abri de la violence des vents et de la fureur des flots, à assurer aux pirogues une navigation aisée et une pêche abondante et à former probablement de bons ports pour le mouillage des vaisseaux. »

Mais d'Entrecasteaux avait singulièrement assombri ce tableau en y ajoutant le portrait de la population qui l'animait. Les Canaques, en effet, formaient en ce temps-là une race particulièrement redoutable : au physique, robustes, durs à la fatigue, merveilleusement adroits à tous les exercices du corps ; au moral, orgueilleux, bavards, batailleurs, voleurs, et avec cela gourmands jusqu'à déterrer leurs parents pour s'en régaler, ne dédaignant pas pour cela la chair des blancs. Tels étaient les hommes que les PP. Maristes avaient essayé, au prix de leur sang généreusement répandu, de faire entrer dans le giron de la civilisation occidentale.

Le gouvernement français, ayant décidé de prendre possession de la Nouvelle-Calédonie, y envoie le commandant du *Bucéphale*, M. Julien de la Ferrière. Cet officier mène rapidement à bien sa mission ; passe des traités avec quelques chefs indigènes qu'ont un brin dégrossis les Maristes et arbore le pavillon français à Balade. Mais, à peine la nouvelle de notre occupation est-elle parvenue à Londres, que le cabinet anglais accable de ses récriminations le gouvernement de Juillet. Ce dernier, obligé

de concentrer toute son énergie sur les affaires inté-
rieures, désavoue M. de la Ferrière et envoie la *Seine*
enlever le drapeau hissé par le *Bucéphale*. Satisfaite
de voir la place nette, l'Angleterre se garde bien de
risquer un penny ou un marin pour s'y installer à demeure.

Huit ans plus tard, un
pénible incident devait
rappeler nos marins et
nos soldats au pays des
Canaques. En 1851, le
comte d'Harcourt, com-
mandant l'*Alcmène*, est
chargé de faire le re-
levé hydrographique
des côtes calédonien-
nes, et entre temps, de
rechercher celui des
îlots de l'Ouest-Océa-
nien qui pourrait le

FEMME CANAQUE

mieux convenir à l'installation d'une colonie péniten-
tiaire. Cet officier vient mouiller à Balade, entre en contact avec les naturels qui lui font excellent accueil et
l'invitent même à prendre part à un joyeux festin. Crai-
gnant, non sans raison, de servir de rôti à ce gala, où
quelque banale chair maori eût tenu lieu d'entrée, il re-

commande les plus grandes précautions à ceux de ses officiers qui descendront à terre pour affaires de service.

A quelques jours de là, deux aspirants, MM. Devarenne et Saint-Phale, un novice, M. Laffitte, et huit hommes accostent sur le rivage à une portée de fusil du village. A peine se sont-ils engagés dans un petit bois où les appelle le bruit d'une source, que de tous côtés surgissent des Canaques armés de leurs redoutables casse-têtes ; en un clin d'œil nos marins sont terrassés. M. Laffitte réussit à se dégager en cassant d'un coup de pistolet la tête d'un chef ; il se dissimule dans la

MASQUE ET ARMES CANAQUES

brousse, et, au risque d'être dévoré par les requins qui gambadent dans la baie, se jette à la nage au-devant d'une baleinière que M. d'Harcourt a mise à l'eau aux premiers cris parvenus à l'*Alcmène*. Seul ce jeune homme devait échapper au massacre. Quand les marins de l'*Alcmène* arrivèrent sur le lieu du carnage, un horrible spectacle s'offrit à leurs yeux : leurs camarades étaient étendus dans la brousse atrocement mutilés ; les naturels avaient commencé à en dépecer plusieurs pour les dévorer. L'équipage dont disposait M. d'Harcourt ne lui permit pas de se mettre à la poursuite des assassins.

Ce meurtre n'allait cependant pas tarder à être vengé ; il devait même avoir de grosses consé- quences au point de vue des destinées de l'île... En effet, quel- que temps après, l'a- miral Février Des- pointes recevait l'or- dre de se rendre en Nouvelle-Calédonie et d'y assurer le respect du drapeau français ; il hissa son pavillon à bord du *Catinat* et cingla vers Balade.

TYPE CANAQUE

Au drame de Balade succéda la tragi-comédie de l'Ile des Pins : « En même temps que le *Catinat* arri- vait dans la sinistre baie, le commodore anglais mouil- lait à l'Ile des Pins, dans le but, disait-il, d'y conduire quelques vieux bonshommes qui cherchaient des herbes et des cailloux ; mais il n'oubliait pas de recevoir à son bord le chef de l'île, de le combler de cadeaux et de lui représenter l'immense avantage qu'il retirerait s'il voulait bien hisser près de sa case le pavillon britannique. Le vieux chef, très dévoué aux missionnaires français mais fort amateur des cadeaux du commodore, ne se pressait cependant pas d'accepter ses propositions : chaque jour gagné était une aubaine de plus : la situation néanmoins devenait embarrassante ; enfin les missionnaires, avertis de la présence de l'amiral à Balade, remirent à Vandégou, le chef en question, un pavillon français, en lui disant de le hisser sur sa case aussitôt que le *Catinat* arriverait sur rade ; cette corvette ne se fit pas trop attendre, et notre drapeau fut hissé au moment même où elle mouillait son ancre.

Après l'avoir salué des vingt et un coups de canon réglementaires, l'amiral descendit en grand uniforme, à la stupéfaction du commodore qui, furieux, appareilla aussitôt, et, de désespoir d'avoir été joué par ce chef, qui n'était plus à ses yeux « qu'une mauvaise canaille de nègre », se brûla la cervelle !

La fondation de Nouméa est due au capitaine Tardy de Montravel qui choisit cet emplacement comme chef-lieu de l'île en raison de la beauté de sa rade et de sa forte situation stratégique ; malheureusement l'eau potable y manquait. La Nouvelle-Calédonie releva du gouvernement colonial des Établissements français de

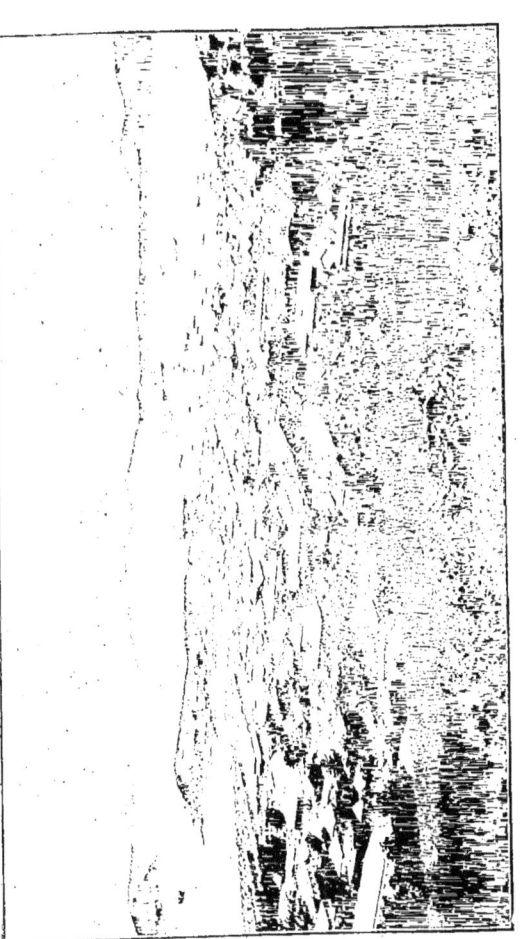

NOUMÉA

l'Océanie jusqu'au 15 juillet 1860, époque à laquelle elle
devint une colonie distincte. Le gouvernement y appela
des colons ; quelques-uns de nos nationaux, et aussi des
Anglais et des Allemands profitèrent des nombreux
avantages offerts par l'administration et créèrent les
premières exploitations agricoles.

Ce mode de colonisation, malgré les excellents résultats qu'il laissait déjà entrevoir, ne fut que transitoire.
En annexant la Nouvelle-Calédonie le gouvernement
français s'était principalement préoccupé d'en faire un
lieu de transportation ; mais c'est seulement en 1864 que
débarqua à Nouméa le premier convoi de condamnés.
De 1864 à 1878, 15.000 forçats environ sont employés à
défricher la terre, à ouvrir des sentiers, à construire des
routes, à terminer les travaux du port, à bâtir des
usines pour traiter la canne ; mais l'irrégularité et la
mauvaise qualité de la main-d'œuvre pénale sont loin
de compenser les énormes sacrifices faits par la métropole pour la mise en valeur de la colonie.

Par malheur, le plus clair des résultats obtenus se
trouva irrémédiablement compromis par l'insurrection
de 1878. Continuellement en butte aux déprédations des
libérés, dépouillés de leurs terres sans réelle compensa-
tion au profit des concessionnaires, froissés dans leur
instinctive fierté par les mauvais traitements dont les
colons déloyaux payaient leurs services, les Canaques,

désespérant de voir justice rendue à leurs légitimes
revendications et cruellement châtiés de quelques tentatives locales de rébellion, parcourent l'île du nord au

sud, ravageant les
plantations, incen-
diant les habitations
rurales, égorgeant
les colons isolés et
se livrant à des ac-
tes d'horrible can-
nibalisme.

Ce soulèvement,
qui eût pu être fatal
à notre domination,
fut aisément apaisé
par l'amiral Olry
« qui montra en
cette circonstance
les hautes qualités
de cœur dont la co-

TYPE DE LOYALTY

lonie lui conserve le plus reconnaissant souvenir » ;
mais il arrêta net l'effort de la colonisation libre que ne
devait point réussir à remplacer l'inertie de la colonisation pénale.

Pendant quarante ans la France a inutilement épandu
sur la Nouvelle-Calédonie les épaves sociales charriées

par le crime. Rien n'a poussé sur ce fumier de vices ; la gangrène morale des prisonniers a tout infecté autour d'elle ; les derniers débris de la population canaque meurent de phtisie et d'alcoolisme ; le contact du travail pénal effraie le travail libre qui préfère recruter sa main-d'œuvre dans les îles voisines, également françaises, des Loyalty et des Nouvelles-Hébrides ; et la métropole n'a entassé des millions dans ses domaines de l'île Nou, de la presqu'île Ducos, de Koé-Nemba, de la Foa, de Bourail et de Pouembout que pour assurer au vice une douceâtre villégiature dans la plus belle, la plus féconde, la plus riche et la plus salubre de toutes nos colonies.

Il ne faut pas désespérer cependant de l'avenir de ce beau pays. Les efforts d'un énergique gouverneur viennent d'aboutir à une sérieuse réduction de la transportation, et à la mise en valeur par la colonisation libre des nouvelles exploitations agricoles et industrielles (mines de nickel).

Il a mis à l'étude la construction d'une voie ferrée dans toute la longueur du pays ; l'ouverture de cette ligne permettra alors de tirer profit de toutes les richesses accumulées dans cette île où l'œuvre de l'homme n'a guère fait jusqu'à ce jour que compromettre celle de la nature.

FIN

# Table des Matières

---

## TROISIÈME PARTIE

**La France dans le Pacifique.**

FIN

IMPRIMERIE DE POISSY — LEJAY FILS ET LEMORO.